कांच की किरचें

(लघुकथा संग्रह)

नीतू सुदीप्ति 'नित्या'

मंत्रिमंडल सचिवालय राजभाषा विभाग (बिहार सरकार) के
अंशानुदान से प्रकाशित

प्रकाशक : नोशन प्रेस

नंबर 8, तीसरा क्रॉस सेंट, सीआईटी कॉलोनी, मायलापुर, चेन्नई,तमिलनाडु
(चेन्नई)

कांच की किरचें (लघुकथा संग्रह)

लघुकथाकार/ कॉपीराइट : नीतू सुदीप्ति 'नित्या'

प्रथम संस्करण : नवंबर, 2022

मूल्य : 200 / रूपये

KANCH KI KIRANCHE

(Short Stories by NITU SUDIPTI NITYA)

सभी लेखकों-पाठकों के लिए

जिन्हें साहित्य से प्रीत है !

क्रम-सूची

क्रम-सूची

क्रम-सूची

क्रम-सूची

1

एग्जाम बनाम जान

टीचर नंदलाल मोहन का बेटा शिवम मैट्रिक में फेल क्या हो गया था सभी लोगों को एक मसाला मिल गया था। खूब उनके नाम की किरकिरी हुई। आपस में लोगों ने खूब बातें बनाई।

नंदलाल मोहन भी दुखी थे। उनके पढाए हुए सारे छात्र पास हो गए थे, वह भी अच्छे नम्बरों से। पता नहीं कैसे बेटा फेल हो गया? कभी वह खुद को दोष देते तो कभी बेटे को। चाहकर भी कुछ कह या कर पाना उनको मुश्किल लग रहा था।

वह दोस्तों से मिलना भी छोड़ चुके थे। दूध वाले ने दूध नहीं दिया था। मेहमान के आने से वह दूध लेने डेयरी पर गए।

कुछ लोगों ने उन्हें घेर लिया, "तब सर, आपका लड़का कैसे फेल हो गया? पैसा कमाने के लिए दूसरे बच्चों को पढ़ाते रहे और अपने बेटे को ऐसे ही छोड़ दिया?"

वह सिर नीचे किए बस चुपचाप सुनते रहे।

देर होने की वजह से शिवम उन्हें लेने आया। उसे देख लोगों ने खूब व्यंग्य कसा, "देखो, आ गया सर का फेलियर बेटा! अरे, कम से कम पिता की इज्जत का भी ख्याल किया होता। पढ़ने पर ध्यान देते तो आज तेरे पिता का सिर नीचे नहीं होता। डूब मर चुल्लू भर पानी में ..."

"खबरदार..." नंदलाल मोहन ने गुस्से में बोला, "जो तुम सबने मेरे बेटे से ऐसा बोला तो। हाँ, सच है मेरा बेटा फेल हो गया। अब यह क्या करे या मैं क्या करूं? अगली बार परीक्षा देगा, पास हो जाएगा, नहीं भी पास होगा तो कोई बात नहीं है।

मैं अपनी इज्जत की परवाह करते हुए बेटे को फेल होने पर मारूं- पिटूं, उलाहना दूँ। तब यह मासूम क्या करेगा गले में फांसी लगा झूल जाएगा, सुसाइड कर लेगा! तब तुम्हीं सब कहोगे बेटा फेल हो गया था तो उसे इतना डांटने फटकारने की क्या

जरूरत थी। क्या तुम सब यह चाहते हो कि मेरा बेटा मामूली एग्जाम के कारण अपनी जान गंवा दे? मुझे इसकी जान की परवाह है फेल होने की नहीं!

सभी लोग निरुत्तर हो गए थे। पिता ने बेटे का हाथ थामा और घर चल पड़े। बेटे ने संकल्प लिया वह पिता का सिर ऊंचा करके रहेगा!

2

मोल भाव

शिवा ने फोन कर पापा को बोल दिया कि लड़का रेलवे का ड्राइवर है । 8 लाख रूपये दहेज मांग रहा है। दूसरा लड़का बैंक में नौकरी करता है। वह 6 लाख रूपये मांग रहा है।

पापा ने अपनी बेटी के लिए ड्राइवर लड़का ही चुना ।

3

खर्च

बहू के मायके से उसकी दोनों बहनें, भाई – भाभी, भतीजे और भतीजियाँ आई थीं । बेटे ने अपने ससुराल के लोगों को खूब घूमाया, शापिंग कराया, मॉल में ले जाकर सभी के लिए महंगे – महंगे कपड़े, जूते इत्यादि दिलवाये।

माँ मुंह बंद किए बेटे का प्यार देखती रही, अपने ससुराल वालों के प्रति । उसकी बेटी ने फोन किया, "माँ, मुझे कुछ दिन के लिए मायके बुला लो न । ढाई साल हो गए मुझे ससुराल में रहते हुए । मेरी सास ताने मारती हैं कि मेरे मायके वाले मुझे पूछते तक नहीं हैं । भैया को भेज दो ।"

माँ ने बेटी को बुलवा लेने का आश्वासन दिया । शाम को बेटा अपने ससुराल के लोगों को पिक्चर दिखा कर जब घर आया तो माँ ने कहा, "बेटा, कंचन ने फोन किया था । कल जाकर उसे विदा कराके घर ला, कितने दिन हो गए उसे देखे हुए ।"

"माँ, वह आएगी तो बहुत खर्च होगा !" कहकर बेटा बड़े - बड़े थैलों में गिफ्ट लिए अपने साले – सालियों के साथ कमरे में चला गया ।

4

नीता ज़िंदा है

पैतृक गाँव के श्मशान घाट से घर लौट कर आते समय ही रमेश का फोन बजा, उसने फोन कान से लगाया।

दूसरी तरफ से डाक्टर की चहकती हुई आवाज आई, “बधाई हो रमेश जी, नीता जी की दोनों आँखें (कार्निया) दो लोगों को लग गई हैं और वह सब कुछ देखने लगे हैं। विशेष बात तो यह है कि जिस लड़की की आँख बनी है उसका भी नाम नीता है। उसके माता - पिता आपसे मिलकर धन्यवाद कहना चाहते हैं। आप शहर कब आयेंगे ?”

“श्राद्ध होने के बाद। डाक्टर साहब, धन्यवाद के पात्र तो आप हैं जो आपने सफल आपरेशन किया।” रमेश अपने मुड़े हुए सिर पर गमछा बांधते हुए बोला।

“मैं नहीं रमेश जी, बल्कि आपकी पत्नी नीता जी धन्यवाद की पात्र हैं जिन्होंने अपनी हार्ट की बीमारी जानकर तुरत फुरत नेत्र दान करने का फैसला कर लिया। उन्होंने मुझसे अंत समय में कहा था कि मेरे पास कोई प्रोपर्टी तो नहीं है, जिसे मैं छोड़ कर जाऊं, बस यह दो आँखें ही हैं इन्हें आप किसी जरूरतमंद को दे देना।

28 वर्षीय किसी महिला में अंगदान करने का ऐसा जज्बा मैंने पहली बार देखा है। ईश्वर उनकी आत्मा को सम्मान सहित अपने पास रखेगा।”

डाक्टर ने आगे कहा, “आप दूसरी शादी करेंगे या नहीं मुझे नहीं मालूम, लेकिन नीता जी हम सबके लिए हमेशा जिन्दा रहेंगी अपनी आँखों के जरिये ...”

5

डेंजर मामला

"इस घड़ी बड़ा डेंजर मामला चल रहा है। नौकरी का क्या है वह तो प्राईवेट नहीं तो सरकारी एकदम मिल जाएगी, पर शादी का मामला एकदम उल्टा हो गया है, भाई जी। अब लड़का, लड़की से शादी नहीं कर रहा है बल्कि वह अपने जैसे

मूंछ मुड़ा लड़का से शादी कर रहा है और लड़की अपनी जैसी लिपस्टिक वाली से। हमार बेटा-बेटी ऐसा कर लेगा तो हमार कुल खानदान के नाके नहीं रहेगी।" रामचरन माथा ठोंक रहे थे।

"ई का कह रहे हैं आप रामचरन जी?" हुक्का पी रहे जोगिंदर एकदम खड़े हो गए, "आज दिन में भांग खा लिए हैं क्या?"

"हमको तो अब धतूरा खाने का मन कर रहा है।" रामचरन ने हांफते हुए अपना स्पीकर चालू रखा, "आप तो बस खेत-खलिहान में घुसे रहते हैं आ हुक्का गुड़गुड़ाते रहते हैं। दुनिया जहान का खबर है कुछु आपको। जमींदार का लड़का गया था शहर में डाक्टर बनने। ससुरा डाक्टर तो नहीं बना, लेकिन अपना जैसा मोंछ मुड़ाऊँ से बिआह कर लिया।"

"का ऊ बित्ते भर का छोकरा ई गजब कर दिया?" जोगिंदर का मुंह खुला का खुला रह गया।

"हां, महाराज, जैसे जर्सी गाय को अपना दुआर पर खुट्टा में बांध कर रखते हैं, वैसे ही अब अपना-अपना लड़का-लड़की को भी खुट्टा में बांध कर रखना पड़ेगा। दहेज तो ससुरा अब तेल लगाने गया । बहू बन के लड़की ही घर में आए अब उसी की प्रार्थना करनी है भाई जी!"

6

एहसान मंद

"बेटा, कल मैं शहर जा रहा हूं । दो - तीन दिन के लिए। तू रोज सुबह सभी के यहां दूध दे देना और हां, लकड़ी की दुकान वाले अंकल के दूध में जरा भी पानी मत डालना ।" पिता ने कहा।

"क्यों बाबा ?"

"बेटे, तेरी दीदी की शादी में उन्होंने मुझे पूरे 501 रूपये का नेवता दिया था । उसी से तेरी दीदी के लिए एक और साड़ी खरीद पाया। दूसरे अमीर ग्राहकों ने कुछ नहीं दिया था !"

7

गलती

भोर में सूर्य निकलने का और चांद डूबने का समय हो गया था। दोनों एक क्षण रुक कर बातें करने लगे ।

चांद ने कहा, “गुड मॉर्निंग सूर्य भैया, कैसे हो ?”

“गुड मॉर्निंग... गुड मॉर्निंग। अच्छा हूं। तुम सुनाओ।” सूर्य के चेहरे पर तेज चमक रहा था और वह बहुत उत्साह में था।

“मैं क्या सुनाऊँ, भैया । हम दोनों तो अपनी ड्यूटी पूरी ईमानदारी से निभाते हैं, पर क्या धरती का इंसान इतनी ही ईमानदारी से अपना मनुष्यता धर्म निभा रहा है ?” चांद का चेहरा बहुत उदास हो गया।

“क्या हुआ मेरे भाई ?”

“मैं आपको क्या बताऊँ । कल रात में पाँच इंसानों ने एक सात साल की बच्ची के साथ इतना घिनौना काम किया था कि मेरे आंसू निकल आए थे। लड़की रोती छटपटाती रही और ...”

“ओह ! इतना बुरा हुआ ....! इस संसार को बनाते वक्त इतनी बुरी कल्पना तो ईश्वर ने भी नहीं की थी। जितनी हैवानियत आज हो रही है। दिन के उजाले में भी लोग एक दूसरे को मारते - काटते हैं, औरतों को नीलाम करते हैं। ससुर बहू पर बुरी नजर डालता है। इंसान अपनी गलती नहीं मानता और सारा दोष भगवान को ही देता है। सच में ईश्वर ने इंसान को बनाकर गलती कर दी।”

“भैया, यह गलती कैसे सुधरेगी ?” चांद ने पूछा।

“यह ईश्वर भी नहीं जानता ...” सूर्य का चेहरा निश्तेज पड़ गया था ।

8

मतलब

"जानते हो राजू, मेरे दादा जी बहुत बड़े विद्वान हैं। लोग उनसे मिलने के लिए चमचमाती हुई कार से आते हैं और जाते समय उनके पैर छूकर जाते हैं।" दस साल का प्रताप अपने जहां - तहां से पैंबद लगे शर्ट का बटन लगाते हुए शेखी बघार रहा था।

"लोग सिर्फ चमचमाती हुई कार से आते ही हैं न, कोई कार देने तो नहीं न आता।"

"मतलब ...?"

... और मतलब जानने के लिए प्रताप अपनी सरकती पैंट को पकड़े अपने विद्वान दादा जी के पास दौड़ पड़ा।

9

सुरक्षित भविष्य

5 साल की जया खाट पर लेटी थी और उसकी मां उसे सरसों के तेल में लहसुन पका कर उसकी मालिश कर रही थी ।

राघो मजदूरी कर घर आया तो यह देख कांप गया, 'बिटिया की तबीयत खराब होई गवा का ...'

"का भेल हमार बिटिया को ...?" राघो ने जया के सिर पर हाथ फेरा।

"हांफत है। आज फिर मलकिनी जी इसे अपना घर ले गई थी। ऊ ई नन्हीं जान से अपना घर का सारा काम करावत है । आप उससे कुछ कहत काहे नाही ?" पत्नी का गला भर गया।

"कहने सुनने से अब कुछ नाही होई । हम लोगन उसका ई घर छोड़ दूसरे किराया के घर में चले जाएँगे । भले ऊ माटी का ही घर क्यों न रहेगा । मलकिनी जी का एही ना घमंड है कि ऊ हम लोगन से किराया नाही लेत है, पर हमरी फूल सी बिटिया से घर का काम करा उससे ज्यादा वसूल कर लेती है। मैं अपनी बिटिया का जीवन खराब नहीं करूंगा।"

"मैं भी आपसे एही कहना चाहती थी। चौका बरतन कर मैं भी कुछ कमा लूंगी तो बिटिया का नाम स्कूल में लिखवा दूंगी।"

"बिटिया, तू चिंता मत कर । अब आंटी तुझसे कोई काम नहीं करवाएगी।" राघो ने जया के सिर पर हाथ फेरते हुए बोला ।

मां - पापा की आंखों में अपना सुरक्षित भविष्य देख जया खुश हो गई ।

10

प्रसाद

मंदिर के बाहर फूल माला खरीद रही दादी से सोहन ने कहा, “दादी मां, सौ ग्राम मिठाई भी ले लीजिए। भगवान को भोग लगा देंगे।”

“फिर वह मिठाई खाएगा कौन ? मुझे डायबिटिज ही है और तुम्हें खांसी हो रही है। भगवान को भोग लगाने के लिए मिश्री - मूंगफली है मेरे पास ।” कहकर दादी मंदिर के अंदर चली गईं । सोहन उनके पीछे गया।

अभी दोनों पूजा कर ही रहे थे कि एक आदमी पूजा करने आया । भगवान को खोये की बर्फी भोग लगाकर पूरा डब्बा छोड़कर चला गया । दादी सब देख रही थीं । प्रणाम कर वह उठीं और 5 - 6 पीस बर्फी डब्बे से निकाल लीं।

एक बर्फी सोहन को थमा मंदिर से बाहर आते - आते वह सब बर्फियां खा गईं।

अचरज में पड़े सोहन ने पूछा, “दादी मां, आपको डायबिटीज है न फिर आप यह मिठाई ...!”

दादी ने मुंह पोंछते हुए कहा, “यह तो भगवान का प्रसाद है..!”

11

कीमत

दोपहर एक बजे रमेश जैसे ही अपनी दुकान का सटर गिराकर घर जाने के लिए मुड़ा, तभी एक दर्जी सुई लेने आ गया। रमेश ने सटर उठाकर एक सुई उसे दी और एक रूपया लेकर दुकान बंद कर दी।

बगल वाला मोबाइल दुकानदार यह देख रहा था। बोला, "रमेश, तुम बहुत बेवकूफ हो। एक रूपये की मामूली सुई के लिए तुमने सटर उठाया। मैं तो नहीं देता।"

"यहीं तो तुममें और मुझमें फर्क है। मैं समय की कीमत जानता हूँ। यहां कोई दुकानदार सुई नहीं बेचता है। मैं खाना खाकर तीन बजे आऊंगा, तब तक वह दर्जी मामूली सुई से ही न जाने कितने कपड़ों की सिलाई कर लेगा।" कहकर रमेश चला गया।

दुकानदार निरूत्तर हो गया।

12

महंगा सौदा

अंजली को हमेशा साधारण सूट, सलवार और साड़ी पहने देख एक दिन मिसेज कामिनी ने उसे आड़े हाथों लिया, “क्या यार, तू भी हमेशा 4 - 5 सौ की ही साड़ी पहनती है। मेरी तरह कभी नेट वाली, वर्क वाली, डबल रंगों वाली, कुछ डिजाइनर लेटेस्ट पहना कर आखिर यही तो उम्र है अच्छे - अच्छे कपड़े पहनने की।”

“मैं सिर्फ तन ढ़कने के लिए कपड़े पहनती हूँ, दिखाने के लिए नहीं। तुम हर महीने दो - तीन हजार की साड़ी खरीदती हो और मैं उतने रूपयों की दवा खाती हूं। सौदा किसका महंगा है ?”

13

तमाचा

"पापा ... पापा, दादा जी के लिए चश्मा खरीद के ला दो। उनको दिखाई नहीं दे रहा है।" पांच साल के मोनू ने कहा।

"मैं नहीं लाऊंगा।"

"मैं भी बड़ा हो जाऊँगा तो आपको भी चश्मा लाकर नहीं दूंगा।"

14

बड़क्क़पन

“मम्मी, अक्षत केवल मुझे डाटता रहता है मुझे चिढ़ाता है ।” गौरी ने कहा ।

“बेटी, अक्षत तुम्हारा बड़ा भाई है । उसे भैया बोलो । तुम कुछ गलत करती होगी इसलिए तुझे डाटता है । 4 – 5 सालों में तुम कालेज जाओगी तो वहां वही तुम्हारी देखभाल करेगा । तुम उसे आदर दोगी तो वह भी तुम्हें प्यार करेगा ।” मम्मी ने समझाया ।

“मम्मी, वह मेरा चचेरा भाई है।”

“तो क्या हुआ ? वह तुम्हारा सगा है । भूलकर भी अक्षत और अनल को चचेरा या पराया मत समझना । तुम मेरी इकलौती बेटी हो लेकिन इसका यह मतलब नहीं है कि तुम चाची के दोनों लड़कों और तान्या को गैर समझो ।”

“ठीक है मम्मी, मैं तान्या दीदी के साथ ट्यूशन जा रही हूँ ।” वह चली गई ।

माँ - बेटी की बात अक्षत की मम्मी सुन रही थी । सुनकर उसे बहुत आत्मग्लानि हुई कि मैं देवरानी होकर भी जेठानी का सम्मान नहीं करती हूँ । अपने दो - दो बेटों को लक्ष्य करके उन्हें नीचा देखाती हूँ कि आप को एक भी बेटा नहीं है ।

अपने दोनों बेटे और बेटी को बड़ी माँ से बात करने के लिए मना करती हूँ । गौरी की पढ़ाई में भी मदद न करने को कहती हूँ । जेठानी के मन में इतना प्रेम और मेरे मन ...!

15

सिसकी

चार दिनों से मीता जयंत से छिटक रही थी। वह जैसे ही कमरे में आता कोई बहाना कर वह बाहर भाग जाती। जयंत ने पहले हल्के में लिया पर जब चार रातें वह दूसरे कमरे में सोई तो उसका माथा ठनका ।

आज जयंत ने धड़धड़ाते हुए कमरे में घुस कर उसे जकड़ लिया, “मैं चार दिनों से देख रहा हूं तू मुझे नचा रही है।”

“अपनी पत्नी से जबरदस्ती करोगे ...” मीता अपने आप को छुड़ाने लगी।

“हां, करूंगा !” कहते हुए वह उसे पलंग पर खींचने लगा।

फुंफकारती हुई मीता एकदम अपने आप को छुड़ाकर चीख पड़ी, “मेरे साथ चार दिन नहीं सोये तो इस कदर बेचैन हो गए कभी अपनी बहन के बारे में सोचा ...”

“मीता ...!” भद्दी – सी गाली देते हुए आगबबूला हो जयंत ने उसे तमाचा जड़ दिया, “फालतू बकवास बंद करो।”

टँसुओं को पोंछ मीता उसी तैश में बोली, “यह बकवास नहीं है। बिन ब्याही 34 साल की तुम्हारी कुंआरी बहन किस आग में रात - दिन तड़पती है तुम्हें अंदाजा है। सास - ससुर के मर जाने के बाद तुम तीनों भाई उसकी शादी की नहीं सोच रहे हो। जेठ जी सोचते हैं कि तुम बेला की शादी करो और तुम सोचते हो कि दोनों भाई करें । तुम तुम के चक्कर में बेचारी बेला अपनी शादी के सपने स्वाहा कर रही है। कभी रात के अंधेरे में अपनी बहन की सिसकी सुनी है तुम भाइयों ने ? मेरी जेठानियों को उससे सिर्फ काम से मतलब है पर मुझसे उसकी सूनी आंखें बरदास्त नहीं होती हैं । बहन की डोली विदा करके ही अब तुम मेरे पास आना ।” मुंह पर दरवाजा बंद कर मीता ननद के कमरे में चली गई ।

अब बहन की सिसकी जयंत के कानों में साफ सुनाई दे रही थी ।

16

समझ

पड़ोस का 12 वर्ष का पीयूष पानी लेने मुनि के घर आया तो उसे देख पूछ बैठा, “बुआ, मैं गर्मी की छूट्टी में होस्टल से आया था तो आप यहां थीं और आज भी दशहरे में यही पर हैं ।

“हां ..!” पानी देते हुए मुनि सोच रही थी कि एक छोटे बच्चे को भी पता है कि शादी बाद लड़की पति के पास रहती है मगर पति को यह बात कब समझ में आएगी ?

17

विचार

नवरात्र में माँ दुर्गा का पाठ करवाने के लिए पंडित जी अपने यजमानों के यहां पूजा सामग्री की लिस्ट बांट रहे थे।

बेटे - बहू उनसे बात ही कर रहे थे कि उनकी माता जी लाठी टेकते हुए आई और पंडित जी से पूछा, "आपकी पत्नी कहां है ?"

"वो...वो..." पंडित जी हकला गए।

बेटे ने दबी जुबान से माता जी को डांटा कि वह क्या फालतू बात पूछ रही हैं । लेकिन उन्होंने दुबारा वहीं सवाल पूछा।

"मायके में है..." पंडित जी अटकते हुए बोले।

"वहां क्या कर रही है ?"

"कुछ नहीं ..."

"अरे, जी, आप क्या पूछने लगीं ?" बहू ने कहा ।

"बहू, इस पंडित से मैं दुर्गा माँ का पाठ नहीं करवाऊँगी । मैंने दूसरे पंडित से बात कर ली है। इस पंडित ने अपनी पत्नी को मार - पीट कर घर से भगा दिया है। शादी के दस साल हो गए और दो बच्चे हो जाने के बाद यह उससे अभी दक्षिणा ही मांग रहा है। जाओ पंडित, पहले अपने घर में अपनी पत्नी को प्रतिष्ठित करो बाद में सभी के घर मिट्टी की दुर्गा प्रतिष्ठित कर पाठ करना।" पंडित का सिर झुक गया और घर के सभी सदस्य माता जी का विचार सुन कर गद - गद हो गए।

18

बुढ़ापे की लाठी

"पापा, हम दोनों भाइयों को छुट्टी नहीं मिल रही है, इसलिए हम आपकी देखभाल के लिए नहीं आ पाएंगे ।" बड़े ने कहा ।

"बेटा, एक दिन के लिए तो आ जाओ ।" बिनोद बिस्तर पर लेटे – लेटे ही फोन पर गिड़गिड़ाए ।

छोटे बेटे की आवाज आई, "पापा, चार सौ किलोमीटर दूर एक दिन में आकर लौटना मुश्किल है । वैसे एक दिन में हम आपकी कौन सी देखभाल कर लेंगे ? पास में मम्मी हैं ही वह आपको अच्छे से संभाल लेंगी । मम्मी को फोन दीजिए ।"

बिनोद ने फोन बिस्तर पर पटक दिया । दवा लेकर खड़ी जयंती ने फोन कानों से लगाया, "बोलो..."

"बोलना क्या है मम्मी, पापा को दोनों बेटों के मोह से बाहर निकलना होगा । हम दोनों भाइयों को बचपन से मालूम है कि जो अधिकार – सम्मान आपको पापा से मिलना चाहिए वह नहीं मिला आप पर 'सौतेली माँ' का ठप्पा लगा रहा । हम भाई जानबूझकर पापा को देखने नहीं आ रहे हैं ताकि वह आपका महत्त्व समझें । बुढ़ापे या हारी बीमारी में बेटा बुढ़ापे की लाठी नहीं बन रहा है, बल्कि पत्नी बन रही है । पति – पत्नी एक दूसरे की लाठी बन रहे हैं यही सत्य है । पापा जितनी जल्दी यह बात समझ जाएं उतना ही अच्छा । हम बेटे बहू को भली - भाँती मालूम है कि मेरे पापा की मजबूत लाठी आप ही हैं । बस, उन्हें एहसास करवाना है। फोन रखता हूँ । प्रणाम माँ ।"

मुंह फेरकर सोये पति के बेटे की बात सुनकर जयंती की आँखें छलक पड़ीं ।

19

गुरुदक्षिणा

"सर, मैं आपकी छात्रा हूं, शिष्या हूँ और आपकी बेटी जैसी हूं । यह पाप है...।" छात्रा अपनी आंखों से गंगा - यमुना की धारा बहाते हुए गिड़गिड़ा रही थी ।

"पहले की शिष्याएं अपनी सेवा भाव से गुरूदक्षिणा देती थीं, पर आज मैं तुमसे सेक्स भाव से गुरूदक्षिणा लूंगा। मेरी इच्छा पूरी करना तुम्हारा धर्म है।" सर की आंखों में वासना अपनी चरम-सीमा पर थी।

वह गुरूदक्षिणा लेने के लिए आगे बढ़े । छात्रा ने पास रखे चाकू को जल्दी से उठाया और आव देखा न ताव अपनी पूरी शक्ति के साथ उसके पेट में घुसेड़ दिया। वह वहीं छटपटाते हुए गिर गए।

"तुम जैसे पापी सर को ऐसी ही गुरूदक्षिणा मिलनी चाहिए।" छात्रा ने चेहरे पर पड़े खून के छींटे को पोंछा और नफरत से सर के मुंह पर थूक दिया।

फिर सीधे पुलिस स्टेशन चली गई।

20

सवाल

अम्मा,

मैंने तुम्हारे कुल खानदान में दाग लगा दिया है। इस समाज में तुम्हें और बाबा को किसी को मुंह दिखाने लायक भी नहीं छोड़ा है। लेकिन अम्मा, आत्महत्या करने से पहले मैं सिर्फ तुमसे यह सवाल पूछ रही हूँ, ये दुनिया लड़के को 'कुंवारा बाप' क्यों नहीं कहती ? उसे मरना क्यों नहीं पड़ता ?

तुम्हारी कुल कलंकिनी बेटी

चंचला.

21

छत

मानव का स्कूल सुबह 7 बजे से था । वह 5 - 6 बजे भोर में उठकर नहा धोकर स्कूल के लिए तैयार हो जाता। कभी आलस नहीं करता।

वह एक महीना से देख रहा था, उसके साथ उसकी मम्मी भी सुबह में नहा धोकर बन संवर कर उसे सड़क पर मारूती वैन में बैठाने आती हैं। वह मक्खन-ब्रेड खाकर चला जाता है। स्कूल से लंच मिलता है । उसके लिए मम्मी को नाश्ता भी नहीं बनाना पड़ता। घर के सारे काम पड़े रहते हैं। रात के जूठे बर्तन । बिना झाड़ू पोंछा किए हुए गंदे कमरे । रसोई का सामान जहां-तहां । चूल्हे पर चलते कॉकरोच । उसकी तरह मम्मी भी उठते ही नित्य क्रिया कर झट पट नहा लेती हैं।

नौ साल के मानव से नहीं रहा गया। उसने तैयार हो रही मम्मी से पूछ लिया, “मम्मी, मुझे तो स्कूल जाना पड़ता है इसलिए नहाता धोता हूं, पर आप भी मेरे साथ क्यों तैयार हो जाती हैं ? घर के सारे काम यों ही पड़े हुए हैं।”

मम्मी पहले घबराई । फिर होठों पर मैजिक लिपस्टिक लगाते हुए बोली, “बेटा, मैं सोचती हूं कि तेरे साथ मैं भी नहा लूं। वैसे हमारे घर की रीत है कि बेटा – पुरुष के घर से बाहर जाने से पहले स्त्रियां नहा लेती हैं।”

“हूं।” जवाब सुन मानव बस्ता लिए बाहर चला गया।

मां के मन में उथल पुथल होती रही ।

‘बेटे, मैं तुम्हें क्या बताऊँ कि मैं तुम्हारे कार वाले ड्राईवर अंकल के लिए तैयार होती हूं। हर औरत पुरुष के बिना, बिना छत का मकान होती है, जिसमें धूप, गर्मी, ठंड और तूफान प्राकृतिक रूप से तो कभी - कभी इंसानी रूप से आते हैं। बस, इसलिए एक नई छत मैं अपने सिर पर रखना चाहती हूं । जिसमें तुम भी सुरक्षित रहो।’ सोचती हुई मम्मी मानव के पीछे मुस्कराती हुई चल पड़ी।

22

एक प्रश्न

इलेक्शन कार्ड बन रहा था । अनपढ़ दीनू काका ख़ुशी से ग्राम पंचायत से फार्म लेकर आया। किसी से भरवाकर फोटो चिपका और अंगूठा लगा कर जमा करने गया।

पंचायत में बैठे बी. एल. ओ. ने कहा, “प्रूफ किधर है ?”

“कैसा पुरूफ सरकार ?”

“सबूत ! कि तुम कहां रहते हो, तुम्हारे नाम और गांव का प्रूफ । आई डी प्रूफ, रेसिडेन्टल प्रूफ ।”

दूसरे दिन काका बैंक का पास बुक ले गया।

“यह नहीं चलेगा । अपना घर है या भाड़े का ?” बी. एल. ओ. ने पूछा ।

“अपना ।”

“निवास प्रमाण पत्र लाओ।“

काका अपने घर के कागजात ही ले गया।

“यह नहीं चलेगा । तुम्हारा बर्थ सर्टिफिकेट ?”

“सरकार, पहले साटीफिकेट कहां बनता था।”

“जाओ, वकील से लिखवा कर लाओ।”

वकील ने एफिडेबिट बना दी। फिर बी. एल. ओ. ने कहा कि इसे किसी सरकारी स्कूल में सत्यापित कराओ। काका बुरी तरह से टूट गया। हाथ जोड़ गिड़गिड़ाया, “काहे सरकार, हमको एतना दउड़ा रहे हैं ... हमार सब कगजवा असली नाही है...?”

“दिमाग खराब मत करो। भागो यहां से। सारे प्रूफ लाओ ...।" बी. एल. ओ. ने उसे दुत्कारा ।

"ठीक है, भागते हैं । लेकिन एगो प्रश्न आपसे पूछना चाहते हैं ।" काका अपने सारे कागज समटते हुए बोला।

"बको...।"

"मैं भारत का नागरिक हूं। यहां की पैदावार हूं, लेकिन हमारा इलेक्शन कार्ड बनवाने में एतना दिक्कत आ रहा है, मगर आतंकवादी का सारा काम एके मिनट में कैसे हो जाता है ? उनका सारा प्रूफ एके मिनट में असली कैसे बन जाता है...?"

23

मतलबी दुनिया

सुबह के समय 15 - 20 लोग रेलवे प्लेटफार्म पर खड़े और बैठे थे। जोया भी अपने पापा के साथ बैठी हुई थी। वह अपनी मनपसंद घड़ी खरीदने पटना जा रही थी। एक युवक रेल की पटरी पर उतरा और सिर के बल गिर कर छटपटाने लगा।

"अरे... रे... रे वह गिरा।" जोया के मुंह से निकला।

लोगों का ध्यान उस युवक की तरफ गया। जोया के पापा ने अपना जूता निकालते हुए कहा, "अरे भाई, उसे मिर्गी का दौरा पड़ा है। उसे जूता सुंघाओ।"

"अजी छोड़ो रोज का तो यही काम है। हर कोई मिर्गी से यहां - वहां गिर जाता है। कितने लोगों को दौड़ - दौड़ कर हम जूता सुंघाएं।"

"इसका मतलब हम उसे वैसे ही छोड़ दे। जूता न सुंघाए पर आप उस युवक को पटरी पर से हटा नहीं सकते।" जोया ने गुस्से से कहा।

तब तक वह युवक सिर पकड़े उठा और गिरते पड़ते प्लेटफार्म पर आकर एक पत्थर की बेंच पर बैठ कर अपना सिर दबाने लगा। उसकी किस्मत अच्छी थी कि उसका सिर नहीं फटा था।

"मिर्गी का दौरा था ठीक हो गया।" उस आदमी ने व्यंग्य से जोया से कहा।

"मैं मानती हूं कि वह ठीक हो गया। अगर अपने आप ठीक नहीं होता और उसी तरह रेल की पटरी पर अचेत पड़ा रहता और उसी समय ट्रेन आ जाती तो बेचारा इतने लोगों के सामने कट ही न जाता ।"

जोया को उस आदमी पर बहुत गुस्सा आ रहा था।

"छोड़ो बेटा, आज यह दुनिया मतलबी हो गई है । जो जहां मर रहा है लोग उसे वहीं मरने के लिए छोड़ देंगे। चलो ट्रेन आ रही है।" पापा ने जूते पहनते हुए कहा ।

वह दुखी मन से ट्रेन में चढ़ गई।

24

निंदिया रानी

सुबह से ही उन पति - पत्नी में हो गया था झगड़ा । मामूली बात थी। दिन भर बोल चाल बंद।

रात में पति पलंग के एक किनारे पर लेटा। दूसरे किनारे पर पत्नी । बीच में मीलों की दूरियां। नींद दोनों की आंखों से कोसों दूर।

पति - पत्नी करवटें बदलते हुए एक दूसरे को मन ही मन कोसते रहे। गलतियां याद करते रहे। रात काफी गहरी हो गई । फिर भी दोनों नहीं सोएं। कारण जब तक दोनों के पैर एक दूसरे के पैरों पर नहीं रहते नींद ही नहीं आती।

अगले दिन झगड़ा करने के लिए दोनों एक दूसरे की कमियां और गलतियां याद करते रहे। तलाक का भी मन बन गया।

सोचते - सोचते पति - पत्नी की आंखें कुछ देर के लिए लग गईं। निंदियां रानी का चमत्कार ! करवटें बदलते - बदलते पति - पत्नी के पैर एक दूसरे के पैरों पर आ गए।

दोनों की आंखें खुलीं। मुस्कराईं । फिर नींद की आगोश में चली गई। सारी रात पति - पत्नी के पैर एक दूसरे के पैरों पर ही रहे।

25

एक चुटकी सिंदूर

सत्या गर्भवती हो गई थी। उसने यह बात अपने प्रेमी मनोहर को बताई। लेकिन उससे यह सच स्वीकारा नहीं जा रहा था। वह सत्या को गर्भ गिराने के लिए उस पर दबाव डालने लगा । कुछ लालच भी दिया । उसे ऊँच - नीच समझाया। अपने और अपने पिता के नेता होने की धमकी भी दी।

पर सत्या अपनी जिद पर अड़ी थी कि वह उससे शादी करे। वह गर्भ गिराना नहीं चाहती थी।

इस पर मनोहर को उस पर गुस्सा आ गया, "सत्या, मैं जैसा कहता हूं वैसा करो नहीं तो समाज तुम्हें कुंआरी मां..."

"हां, समाज मुझे कुंआरी मां ही कहेगा पर क्या तुम कुंआरे बाप नहीं हो ?" सत्या गरज पड़ी।

"मैं मर्द हूं। मुझ पर कोई उंगली नहीं उठाएगा। चुपचाप मेरी बात मान लो। तुम जानती हो कि मैं एक नेता का बेटा हूं तुम्हें पूरी तरह से बदनाम कर दूंगा।" मनोहर धमकी देने लगा।

"तुम तो दो - चार या पांच लोगों के सामने मुझे बदनाम करोगे पर मैं तुम्हें पूरे गांव में लाउडस्पीकर के जरिये बदनाम करूंगी । चिल्ला - चिल्ला कर कहूंगी कि माननीय नेता जी का सुपुत्र कुंवारा बाप बनने वाला है। पहले की तरह अब लड़का लड़की को बदनाम नहीं करेगा। बल्कि लड़की स्वयं बदनाम होकर लड़के को बदनाम करेगी। मैं साधारण परिवार से हूं । आज मेरे दामन पर दाग लगा है। अस्पताल जाकर इस दाग को धो सकती हूं लोग मेरी बदनामी को भी चार-छः माह में भूल जाएंगे। लेकिन तुम्हारी बदनामी को कोई नहीं भूल पाएगा। जब - जब चुनाव होगा मीडिया वाले तुम्हें और तुम्हारे पिता की छवि को इस तरह नंगा करेंगे

कि तुम दोनों बाप - बेटे चुनाव लड़ना भूल जाओगे।" सत्या की आंखों में खून खौल रहा था।

उसने रूक कर आगे कहा, "मनोहर, तुम इस गलतफहमी में कभी मत रहना कि मैं रो - धो कर आत्महत्या कर लूंगी । भले ही मैंने बी. ए. एम. ए. तक नहीं पढ़ा है। पर इतनी बुद्धिहीन भी नहीं हूं । मैं तो कहती हूं कि वह लड़की निहायत ही बेवकूफ होती है जो इस मामले में आत्महत्या कर लेती है। । वह गलती स्वीकार करे। अपने घरवालों को सारी बात बता दे। मेरा विश्वास है कि उसका जीवन बर्बाद नहीं होगा।"

सत्या को इस तरह तैश में देख मनोहर समझ गया कि वह उसे बदनाम करके ही छोड़ेगी । सिर पर चुनाव था और वह पहली बार चुनाव मैदान में खड़ा हुआ था। । दूसरी तरफ उसके पिता की छवि बहुत अच्छी थी । वर्षों से वे अपने गांव की तरफ से जीतते आ रहे थे।

मनोहर मन ही मन अपने आप को कोसने लगा कि क्यों वह प्यार में इतना आगे बढ़ गया था ? नहीं तो आज यह मुसीबत नहीं आती। वह एक नेता के दिमाग से सोचने लगा। जिस तरह से सत्या ने खुद बदनाम होकर उसे भी बदनाम करने की जो बात कही उससे वह बहुत डर गया।

उसने बहुत सोच समझकर कहा, "सत्या, अब तुम क्या चाहती हो ?"

"इस स्थिति में लड़की भरे समाज के बीच में अपने प्रेमी के हाथ से अपनी मांग में सिर्फ एक चुटकी सिंदूर चाहती है।"

"तो ठीक है चलो मंदिर..."

"मंदिर नहीं । भरे समाज के बीच में धूम धड़ाके से साथ। आखिर समाज वाले भी जान जाएं कि लड़कियां अब अपना हक छीन रही हैं ।" सत्या ने कहा।

फिर वह कड़े स्वर में आगे बोली, "लेकिन मनोहर, इतना याद रखना कि अगर तुमने मुझसे शादी करने के नाम पर झूठ बोला तो आज ही चुनाव आयोग और महिला आयोग का दरवाजा खटखटा दूंगी।"

"हे, मुझ जैसे प्रेमी के मौज मिश्रित प्रेम के घमंड को चूर करने वाली सत्या कुमारी जी, मैं ऐसा कुछ नहीं करूंगा जिससे मैं और मेरे पिता मुसीबत में फंस जाएं। कृपया भरे समाज के बीच में मेरा वरण करो।" मनोहर ने हाथ जोड़कर कहा।

यह देख सत्या अपनी बुद्धि पर मन ही मन हंस पड़ी । फिर वह मनोहर के साथ उसके और अपने घर - परिवार तथा समाज वालों से अपनी शादी की बात कहने खुशी से चली गई ।

26

सदमा

एकादशी की शाम को मंदिर में पंडित जी प्रवचन दे रहे थे – "भक्तो, मांस-मंदिरा का सेवन तथा चोरी, हत्या, अपहरण करना और दूसरी नारी पर कुदृष्टि डालना यह शैतान का काम है। यह सब करने से मनुष्य नरक में जाता है । इसलिए हे भक्तो, आप सब अच्छे कर्म और भगवत भजन किया करो ।"

सभी भक्तगण प्रवचन सुन प्रसाद लेकर अपने-अपने घर चले गए।

अगले दिन 5 बजे सुबह ही प्रवचन सुनने वाली एक औरत अपनी द्वादशी का पारायण करने से पहले पंडित जी को खाने के लिए एक थाली में रोटी, दाल और घी में बनी हुई सब्जी देने उनके घर आई। गरीब पंडित जी अपने मिट्टी के घर में अकेले ही रहते थे। उनके मुख्य दरवाजे के लकड़ी के दोनों पल्ले टूटे हुए थे। उसकी जगह एक बोरी टंगी हुई थी। हर आने वाला सीधे अंदर आ जाता।

वह औरत बोरी हटाकर पंडित जी को पुकारते हुए अंदर चली गई। लेकिन पंडित जी ने नहीं सुना। अचानक उसने आंगन में हैंडपम्प के पास पीतल की थाली में मीट की हड्डियाँ और पास में शराब का एक खाली पाउच गिरा देखा।

वह गुस्से से आग बबूला हो पंडित जी से यह बात पूछने सीधे उनकी छोटी कोठरी में चली गई। पंडित जी अपनी खाट पर मंदिर की साफ सफाई करने वाली बेसहारा औरत के साथ बेसुध लिपटे पड़े थे। यह पाप देख औरत के ऊपर आसमान टूट पड़ा। वह जोर से चीख पड़ी, "पंडित जी..."

हड़बड़ाकर पंडित जी और बेसहारा औरत नींद से जगे। अपनी शैतानी करतूत उस औरत के द्वारा देखे जाने पर पंडित जी के दिल पर ऐसा सदमा लगा कि वह उसी खाट पर बेहोश होकर गिर पड़े।

27

कैसे बाप हो तुम

रोमा के चौथी बार गर्भवती होने पर घर में खुशी का माहौल था। एक लड़का होने की चाहत में तीन - तीन लड़कियां पहले ही घर की शोभा बढ़ा रही थीं। उसका पति कुणाल जहां बहुत खुश था वहीं रोमा बहुत दुखी थी।

रोमा के जब - जब पैर भारी हुए थे, तब - तब कुणाल के भैया और भाभी ने सोनोग्राफी कराने को कहा था। लेकिन कुणाल इसके खिलाफ था और देखते ही देखते तीन लड़कियों ने जन्म ले लिया।

आज भैया और भाभी कुणाल को किसी तरह समझाना चाहते थे। जब वह शाम को घर आया तो भैया ने उससे कहा, "कुणाल, कल बहू को लेकर डाक्टर ममता के क्लीनिक में चले जाना और सोनोग्राफी करा लेना । अगर लड़की हो तो गर्भपात..."

"भैया, यह क्या कह रहे हैं ? गर्भ का लिंग जांच कराना कानूनन अपराध है। मैं यह घटिया काम नहीं करूंगा।" भैया की बात बीच में ही काटते हुए वह गुस्से से बोला था।

"तुम्हारे भैया ठीक कह रहे हैं। आज के जमाने में लड़की पैदा करना एक बहुत बड़ी मुसीबत है।" भाभी ने कहा।

"भाभी, आप स्वयं एक औरत होकर लड़की को मुसीबत नाम की गाली मत दीजिए। मुझे बहुत खुशी होगी अगर रोमा इस बार भी लड़की को जन्म देगी।"

"देखो, कुणाल, पागल मत बनो। मैं तुम्हारा बड़ा भाई हूं । जो भी कहूंगा, तुम्हारे भले के लिए ही कहूँगा । पहले से ही तुम्हारे सिर पर तीन बेटियों का बोझ है और आजकल दहेज भी आसमान छू रहा है। मुझे देखो जब-जब तुम्हारी भाभी मां बनने को हुई मैं अल्ट्रासाउंड करा कर उसका गर्भ गिराता गया। आज मेरी एक बेटी और तीन बेटे हैं। मुझे कुछ चिंता नहीं है, इसलिए जो कह रहा हूं, उसे करो। वह अच्छी

तरह से जांच कर देंगी। डाक्टर ममता मेरी मित्र हैं ।" मैंने उनसे बात कर ली है।

"भैया, मैं रोमा को लेकर डाक्टर के पास नहीं जाऊंगा । लड़की हो या लड़का मैं उसे स्वीकार करूंगा।" कुणाल ने अपना फैसला सुनाया।

"चुपचाप कल चले जाना ।" भैया ने भी अपना निर्णय कुणाल पर डाल दिया।

वह सारी रात उफाफोह में करवटें बदलता रहा।

सुबह भैया ने कुणाल को डांटकर डॉक्टर ममता के पास भेजते हुए कहा, "अच्छी खबर लाना और बुरी वहीं छोड़ आना।"

कुणाल बिना कुछ बोले रोमा को लेकर चला गया । इधर भैया-भाभी अच्छी खबर सुनने के लिए बेचैन हो रहे थे। भाभी ईश्वर के सामने हाथ जोड़ रही थीं।

कुणाल रोमा को लेकर घर आ गया। उसके हाथों में मिठाई का डिब्बा देख कर भैया-भाभी खुशी से उछल पड़े । भाभी रोमा को लेकर चली गईं ।

"कुणाल, अल्ट्रासाउंड में लड़का ही निकला है न ?" इधर भैया ने खुश होकर पूछा।

"जी भैया, लड़का ही निकला," कुणाल ने बताया।

यह सुन कर भैया ने कुणाल को अंक में भर लिया। बोले, "मुबारक हो भाई मुबारक हो। अब जल्द ही तुम भी बेटे के बाप बन जाओगे।"

"भैया, मैंने रोमा का गर्भ गिरवा दिया है..."

"क्या तुमने बहू का गर्भपात करवा दिया ! यह जानते हुए भी कि वह लड़का था।" भैया को जबरदस्त झटका लगा।

"हां भैया, मैंने जानकर ही ऐसा किया है।"

यह सुनकर भैया गुस्से से उबल पड़े और कुणाल के गाल पर तमाचा मारते हुए बोले, "तुम कैसे बाप हो जो अपने होने वाले बेटे की हत्या करवा डाली ! उस पर डाक्टर की कैंची चलवाई ! धिक्कार है ऐसे बाप पर !"

भैया ने दुबारा उस पर हाथ उठाया लेकिन कुणाल ने उसको रोक लिया। सहज स्वर में बोला, "भैया, मैंने उस बच्चे का पात कर बहुत अच्छा काम किया है। एक बेटा आने पर मैं अपनी तीन बच्चियों की उपेक्षा कर सकता था। मैं उनमें हीन भावना नहीं जगाना चाहता था । मेरी यही तीनों बेटियां बेटों से भी बढ़कर मेरा नाम रोशन करेंगी।"

कुछ रूक कर वह आगे बोला, "आज मैंने उन तमाम बेटा चाहने वालों के मुंह पर थप्पड़ मारा है जो यह कहते हुए खुश होते हैं कि एक बेटे की चाहत में हमने न जाने कितने कन्या भ्रूणों की हत्या करवाई है ! मैंने आज अपनी तीन बेटियों की खातिर कुल को तारने वाले अजन्मे कुल दीपक की हत्या करवाई है। इसके साथ ही

मैं आपको बता दूं कि रोमा ने गर्भपात के साथ अपनी नसबंदी भी करवा ली है।"

कहकर कुणाल गर्व से सीना फुला कर वहां से चला गया और भैया भौचक से देखते रह गए।

तभी पापा आ गए... पापा आ गए ! कहते हुए कुणाल की तीन, पांच और बारह साल की बेटियां उसकी ओर दौड़ी आईं। कुणाल ने पहले उनको बांहों में भरा, फिर मिठाई खिलाने में जुट गया।

28

त्याग

सभी लड़कियां मैट्रिक की परीक्षा का अपना - अपना प्रवेश पत्र लेने स्कूल जा रही थीं। सब बहुत खुश थीं । परीक्षा सेंटर पटना के एक कालेज में पड़ा था। दो - तीन लड़कियां पायल को पकड़कर स्कूल लाई ताकि वह भी अपना प्रवेश पत्र ले सके । पर पायल अपना प्रवेश पत्र नहीं ले रही थी। लड़कियों ने इसकी शिकायत प्राधानाचार्या से कर दी। उन्होंने पायल को अपने केबिन में बुलाकर पूछा, "क्यों पायल, तुम अपना परीक्षा प्रवेश पत्र क्यों नहीं ले रही हो ?"

"मैडम, मैं परीक्षा नहीं दूंगी..."

"क्या कहा ... तुम परीक्षा नही दोगी, पर क्यों ? कितनी अच्छी जगह सेंटर पड़ा है। तुम अपना भविष्य चौपट करना चाहती हो ।" मैडम ने उसकी बात काटकर थोड़े गुस्से से कहा।

"मैडम, जिस दिन पटना में मेरी परीक्षा शुरू हो रही है उसी दिन पटना के अस्पताल में मोतियाबिंद का ऑपरेशन होने वाला है। मेरी मम्मी की एक आंख में मोतियाबिंद पक गया है। अगर ऑपरेशन नहीं हुआ तो ..." कहते - कहते पायल की आंख भर आई।

"पर पायल, तुम्हारे घर में और भी तो लोग होंगे । वे तुम्हारी मम्मी के संग चले जाएंगे ।"

"मैडम, मेरे पापा नहीं हैं । और भाभी, भैया को नौकरी पर से आने नहीं दे रही हैं। मेरा तो सिर्फ एक साल बर्बाद होगा, पर मम्मी का ऑपरेशन नहीं हुआ तो उनकी एक आंख सदा के लिए चली जाएगी। प्लीज, आप मुझ पर परीक्षा देने के लिए दबाव मत डालिए ।" कहकर पायल केबिन से बाहर चली गई।

मैडम पायल को जाते हुए देखती रह गईं और उनकी आंखों में कुछ तैरने लगा।

29

जीत

मुबंई का स्थानीय नेता कुर्सी पर बैठा दूसरे राज्यों से कमाने खाने आने वाले परदेशियों को खूब गालियां बक रहा था कि सबने इस शहर को गंदा कर दिया है। वह सारी चाल और खोली के मालिकों से उन लोगों को किराए के घर से निकालने के लिए कह रहा था।

एक नौजवान चाल के मालिक से यह बर्दाश्त नहीं हुआ। उसने कहा, "सर, आज मैं अपनी चाल से सारे भइया लोगों को खदेड़ देता हूं। मेरी चाल में 40 रूम हैं । सभी 2 - 2 हजार रूपये भाड़ा 7 से 10 तारीख तक दे देते हैं। बस, वह भाड़ा आप मुझे हर महीना दे दीजिएगा..."

30

नौकरानी

“सुनो, मैंने तुम्हारी मां को फोन कर दिया है। वह यहां आने के लिए तैयार हैं, तुम भी एक बार फोन करके कह देना ।” अभय बोला।

“मां को भी कुछ समझ में नहीं आता शुगर और ब्लड प्रेशर की बीमारी है। कैसे वह इतने घंटों का सफर तय करेगी।" सीमा अपनी मां को लेकर चिंतित हो गई, "इससे अच्छा आप मम्मी जी को बुला लीजिए। ज्यादा ठीक रहेगा।”

“तुम्हारा दिमाग तो ठीक है,” अभय गुस्सा हो गया, “मेरी मां से तुम अपनी सेवा करवाओगी? मैं अपनी आंखों के सामने अपनी मां को काम करते हुए नहीं देख सकता।”

“और मेरी मां को काम करते हुए आप देख सकते हैं?”

“हां । चुपचाप अपनी मां को गांव से बुला लो। तुम्हारी भलाई इसी में है।” यह कहकर अभय ऑफिस चला गया।

सीमा परेशान हो गई। वह प्रेग्नेट क्या हुई थी कि अभय उसकी मां को बुलाने के लिए उस पर दबाव डालने लगा ताकि उसे ज्यादा से ज्यादा आराम मिले। लेकिन सीमा अपनी बूढ़ी व बीमार मां को नहीं बुलाना चाहती थी। मां अपनी तबीयत देखेगी कि उसको संभालेगी। डिलेवरी के समय भाभी या दीदी को बुला लेगी । उसने सोचा था।

वह सोच में डूबी ही थी कि मां का फोन आ गया। दामाद ने शहर में अपने पास बुलाया है, इस कारण वह बहुत खुश थीं ।

“मां, तुमने फैसला कर लिया है, यहां आने के लिए ?” सीमा ने गंभीरता से पूछा।

“हां, बेटी, पाहुन जी बुलाए हैं। मैं आऊँगी ही। मैंने अपना सब कपड़ा लत्ता भी बैग में रख लिया है ।” मां खुशी से बोलती जा रही थी।

“तुम्हारी तबीयत...”

“बेटी, वह तो सब चलता रहता है।”

“तुम चौबीस घंटो का सफर कैसे तय करो...”

“बेटी, लग रहा है तू मुझे अपने घर नहीं बुलाना चाहती।” माँ ताड़ गई।

“नहीं मां, ऐसी बात नहीं है।”

“तो फिर !”

“मां, तुम्हें अपने दामाद की नौकरानी बनना है तो शौक से आ जाओ...”

“बेटी, मैं समझ गई । तू चिंता मत कर। मैं पाहुन जी से न आने का कोई न कोई बहाना बना दूंगी।” मां ने फोन पर आशीर्वचन से बेटी को निहाल कर दिया।

31

बड़ा दिल

जेठ की भरी दोपहर। जमीन आग उगल रही थी। इसी आग उगलती जमीन पर एक औरत बदहवासी में भागते जा रही थी। उसके पीछे बच्चे और बूढ़े हाथों में ईट पत्थर लिए दौड़ते हुए चिल्लाते जा रहे थे, "मारो... मारो...इस पगली को मारों ...।"

भागते - भागते वह औरत बिजली के खंभे से टकरा गई और वहीं गिर पड़ी। पूरी भीड़ वहां आ गई। सभी लोग उस पर ईट - पत्थर बरसाने लगे।

दूसरी तरफ से डॉ. सत्यम राय जा रहे थे। जो गांव में नए - नए आए थे। ऐसी चीख पुकार सुन उन्होंने पास जाकर देखा। उनके पैरों तले जमीन खिसक गई। एक फटेहाल औरत को इतने सारे लोग मार रहे हैं। उसके सिर से खून बह रहा था ।

डॉ. सत्यम राय गरजे, "खबरदार ! जो किसी ने इस औरत को और मारा ।"

"पानी...!" उस औरत के सूखे होंठ से निकला ।

डॉ. सत्यम राय अपने थर्मस में से गिलास में पानी निकाल कर उस औरत के होंठों से लगा दिया । पानी पीकर उस औरत का गला तर हुआ तब उसकी जान में जान आई ।

"डाक्टर साहब, आपका गिलास अशुद्ध हो गया। यह नीच जाति की है ।" एक अधेड़ आदमी ने कहा।

डॉ. सत्यम राय ने अपने फास्टेड एंड बाक्स में से मलहम पट्टी निकाल उस औरत के सिर में बैंडेज बांध दिया ।

फिर उठकर बोले, "नासमझ लोगों! नीच जाति और ऊँची जाति क्या होती है? दुनिया आज चांद पर जा रही है पर तुम सब वहीं पिछड़ी बुद्धि के ही हो। किसी के पानी पी लेने पर कुंआ - गिलास अशुद्ध और अपवित्र हो जाता है। यह किस किताब में तुम सबने पढ़ा है। भगवान राम ने सबरी के जूठे बेर खाये थे तो वे

अशुद्ध और अपवित्र हो गए थे ? इंसान का बड़ा होना जरूरी नहीं है बल्कि उसका दिल बड़ा होना चाहिए।"

सभी के हाथों से ईंटें छूट गई थीं और सबका सिर शर्म से झुक गया। तब तक वह औरत उठी और डॉ. सत्यम राय को हजारों आशीर्वाद देकर अनजानी राहों पर चल पड़ी।

32

चैट

एक अधेड़ कबूतर ने नाजुक कबूतरी से चैट करते हुए पूछ लिया - डियर आपकी उम्र कितनी है जी ?

- आपकी बीबी की उम्र कितनी है जी ! आपकी बेटी की ! उसके दोस्त की और आपके होने वाले दामाद की उम्र !

- मेरी उम्र 49 है।

- मैंने आपकी उम्र नहीं पूछी । कबूतरी ने कहा।

- देख, तू ज्यादा स्मार्ट मत बन । अधेड़ कबूतर तिलमिला गया।

33

आम आदमी

वैसे तो मैं रंग अबीर से दूर रहता हूं पर आज होली के दिन दोस्तों ने मुझे खूब रंग लगाया ।

मैं नहा धोकर नये कपड़े पहन कर मंदिर में आ गया। शाम के समय मंदिर साफ सुथरा था। काले पत्थर के शिवलिंग को देख कर मन श्रद्धा से भर गया। मैंने थोड़ा-सा पीला अबीर शिवलिंग पर चढ़ा दिया। शिवलिंग खिल उठा। मैं हाथ जोड़े भगवान को प्रणाम कर ही रहा था कि मंदिर का पुजारी शाम का दीप जलाने आया।

भगवान पर अबीर चढ़ा देख वह गुस्से से आग बबूला हो गया। उसने वहां से अबीर की थैली उठाई और बगल में रखे फूल वाले डस्टबिन में डालने के लिए चल पड़ा।

मैं बोल उठा, "पंडित जी, यह मेरा अबीर है।"

"तूने भगवान पर रंग चढाया!"

"हां..."

"मैं ने भगवान की सफाई तेरे लिए की थी कि तू यहां आकर मंदिर में अबीर गुलाल चढ़ाए। आज के बाद भगवान पर रंग चढ़ाया तो तेरा मंदिर में आना बंद कर दूंगा। जाओ, यहां से..." पंडित ने जोर से मुझे डांटा और अबीर को कचरे में फेंक दिया।

मैं हक्का-बक्का उसे देखता रह गया। मुझे लगा मैंने भगवान पर अबीर चढ़ाकर बहुत भारी गलती कर दी। पंडित का भी कहना सही था मैंने उसके साफ सुथरे भगवान पर अबीर चढ़ा कर गंदा कर दिया।

अभी मैं सोच ही रहा था कि एक स्थानीय नेता अपने तीन चार साथियों के साथ मंदिर में आया।

पंडित ने आगे बढ़ कर उसका स्वागत किया, "नमस्कार नेता जी, होली मुबारक!"

"आपको भी होली की बधाई हो, पंडित जी। अरे, वो रामलाल, वह अबीर का थैला देना। भगवान को चढ़ा दूं।" नेता जी ने अपने आदमी से कहा।

रामलाल नाम के आदमी ने प्लास्टिक के दो बड़े-बड़े थैले में लाल और हरा अबीर नेता जी को थमा दिया।

नेता जी ने बिना कुछ पूछे लाल और हरे अबीर का थैला पंडित के सामने ही भगवान पर उड़ेल दिया, "जय हो भोले शंकर, हर हर महादेव!"

वहां और भी जितनी मूर्तियां थीं नेता जी ने उन पर भी अबीर चढ़ाया और अंत में लाल-हरे रंग के मिक्स अबीर से पंडित का मुंह पोत दिया।

पंडित खुश था।

मुझ जैसे आम आदमी को अब वहां मंदिर में एक क्षण भी रूकना बहुत मुश्किल हो गया था।

34

पिन

ट्रेन में बैठे पिता के पुराने मोबाइल में सिम चेंज करने के लिए बेटा बड़ी बेचैनी से अपने बैग में मोबाइल के साथ मिली हुई पिन ढूंढ रहा था। पिन शायद कहीं गिर गई थी। उसका फोन घर पर छूट गया था। पिता के लिए उसने दूसरा सिम लिया था और उस फोन से बहन को कोई जरूरी बात कहनी थी। अगल-बगल वाले यात्री से पिन मांगी पर किसी के पास नहीं थी। उसके नाखून भी इतने बड़े नहीं थे जिसकी सहायता से मोबाइल के अंदर बंद पड़े सिम को निकाल सके।

पीछे सीट पर बैठी महिला उसके सामने आई और अपनी साड़ी में लगी हुई सेफ़्टी पिन निकाल उसे दे दी, "देखो, इस पिन से काम हो जाएगा?"

उस पिन से आधे सेकेंड में ही सिम बाहर आ गया।

"लीजिए, काम हो गया।" बेटे ने पिन महिला को दे दी। वह अपनी सीट पर आकर बैठ गई।

"बेटा, तुमने उस भद्र महिला को धन्यवाद भी नहीं बोला।" पिता ने कहा।

"पापा, इतने से काम के लिए धन्यवाद!"

"इतने से काम के लिए ही तुम आधे घंटे से परेशान थे। सिम निकालने के चक्कर में तुमने अपनी कलम भी तोड़ डाली। तुम्हें अभी जरूरत सिर्फ एक पिन की ही थी कोई तलवार की नहीं! जरूरत के हिसाब से हमें किसी की मदद करनी चाहिए जैसे महिला ने की।

"सॉरी, पापा, आगे से ध्यान रखूँगा।" बेटे ने पीछे सिर घुमाया और बोला, "आंटी जी थैंक्स!"

35

अधिकार

दादी के मना करने के बावजूद भी बंटी ने अपने मुहल्ले के भिखारी झगरू को ताजी रोटी-सब्जी खाने को दे दी। यह जानकर दादी ने घर में कोहराम मचा दिया।

इधर इन बातों से बेखबर बाहर बैठा झगरू चाव से रोटी सब्जी का आनंद ले रहा था। बंटी उससे पूछ रहा था कि वह और रोटी लेगा।

तभी दादी वहां गुस्से में आई और बंटी को एक थप्पड़ मारते हुए गरजी, "मैंने तुमसे कहा था न कि इस भिखारी को बासी रोटी देना, फिर तुमने इसे ताजी सब्जी -रोटी क्यों दी ?"

अचानक थप्पड़ पड़ते ही बंटी की आंखों से आंसू टपकने लगे। वह बोला, "भिखारी को ताजी रोटी खाने का अधिकार नही है।"

"हाँ, नहीं है।"

"फिर आप भोला चाचा को ताजी रोटी, फल, दूध और मिठाई उन्हें पकड़-पकड़ कर क्यों खिलाती हैं? उन्हें भी यह सब खाने का अधिकार नहीं है। वह भी अपनी शर्ट फाड़कर सबसे भीख मांगते हैं।" बंटी ने जब रोते-रोते कहा तो दादी का दुबारा उठा हुआ हाथ खुद ब खुद नीचे गिर गया।

36
आँखों के सामने

सुबह के नौ बजे ही सोने-चांदी की जानी मानी दुकान अलंकार ज्वेलर्स में काफी भीड़ थी। क्योंकि शादी ब्याह का समय चल रहा था प्रत्येक परिवार 80 - 90 हजार या इससे ज्यादा रूपये के गहने खरीद रहे थे।

कुछ देर बाद दुकान के सामने एक चमचमाती हुई कार आकर रूकी। उसमें से सूट-बूट पहने एक पुरुष उतरा। फिर एक खूबसूरत स्त्री गोद में बच्चा लिए हुए धीरे से उतरी।

दोनों दुकान के अंदर गए। दुकान में तिल रखने की भी जगह नहीं थी। कितने लोग खड़े थे। दुकान के मालिक ने उन दोनों को देखा। वह समझ गया कि ये अमीर घराने के हैं। उसने अपनी गद्दी से उठ स्वागत के लहजे में कहा, "आइए सर, आइए मैडम, इधर बैठिए। यहां।"

दो देहाती जिस कुर्सी पर बैठे थे वह उन्हें उठाते हुए बोला, "आप जरा खड़े हो जाइए। सर-मैडम को बैठने दीजिए।"

उन दोनों की ऐसी पर्सनैलिटी देख बेचारे दोनों देहाती चुपचाप कुर्सी छोड़ कर बगल हो गए।

उन दोनों के बैठने के बाद मालिक ने पूछा, "सर, आपको क्या चाहिए ?"

"भाई की शादी है। इसलिए नई बहू और घर की महिलाओं के लिए जेवर खरीदने हैं। देखिए, हमने आपकी दुकान का नाम बहुत सुन रखा है। इसलिए हम यहीं आए हैं। हमें 22 कैरेट सोने का हार, झुमका, चेन, अंगूठी, कमरधनी, मांगटीका, कंगन, चूड़ियाँ और मंगलसूत्र वैगरह चाहिए।" पुरुष ने कहा।

"यहां आपको सभी गहने अच्छे एवं शुद्ध 22 कैरेट सोने के मिलेंगे। यह वर्षों की विश्वासी दुकान है। ठण्डा पियेंगे ?" मालिक मन ही मन बहुत खुश था।

"बस, आप जल्दी से हमें सभी गहने दिखाएं। अभी बहुत सारी शॉपिंग भी करनी है।" वह स्त्री अपने रो रहे बच्चे को चुप कराते हुए बोली।

"रामू, गौरी, मदन, जल्दी से इन सर-मैडम को हार, चेन, अंगूठी और झुमका आदि दिखाओ।" मालिक ने अपने नौकरों को आज्ञा दी।

तीनों नौकर दूसरे ग्राहकों को छोड़ कर शो केस में से गहने निकाल-निकाल कर उन्हें दिखाने लगे।

"मैडम, यह हार देखिए। इसकी डिजाइन देखिए। कितनी अच्छी है।" मदन ने एक हार दिखाते हुए कहा।

स्त्री ने हार को हाथ में लेकर देखा। फिर नाक सिकोड़ते हुए लापरवाही से बोली, "डिजाइन तो ठीक है, पर हमें 10 - 15 हजार वाले हार नहीं चाहिए। कुछ भारी चाहिए। हम ठकुरानी हल्के गहने नहीं पहनतीं।"

"अच्छा मैडम, अभी मैं आपको 50 हजार रूपये का एक हार दिखाता हूं, जो कल ही मुबई से सिर्फ दो सेट आये हैं।" कहकर मदन चला गया और जल्दी ही दो लाल डिब्बे ले आया।

स्त्री-पुरुष ने जब दोनों डिब्बे खोले तो लाल-लाल मखमल पर दो डिजाइनों में सोने के चमकते हुए खूबसूरत हार को देखकर उनकी आंखें चैंधियां गईं।

उन्होंने ख़ुशी से वे दोनों हार पसंद कर लिए। करीब एक घंटे में उन दोनों ने अपनी मनपसंद बहुत सारे गहनों का चुनाव कर लिया। इसी बीच मालिक ने उन्हें कोल्ड ड्रिंक पिलाया। उसने बिल बना कर पुरुष को थमा दी। पूरे पांच लाख रूपये के गहने हुए।

जब रूपये देने की बारी आई तो वह पुरुष उछल पड़ा, "अरे, मैंने तो ब्रीफकेस घर पर ही छोड़ दिया...।"

"क्या आपने ब्रीफकेस घर पर ही छोड़ दिया। आप एकदम भुलक्कड़ हैं। जल्दी घर जाइए और रूपये लेकर आइए।" स्त्री गुस्से में बोली।

पुरुष ने मालिक से कहा, "सर, ऐसा है कि मैं अपना ब्रीफकेस घर पर ही भूल आया हूं। तब तक आप 50 हजार रूपये रखिए और इन गहनों को पैक करवा दीजिए। मैं घर से रूपये लेकर आता हूं।"

"ठीक है।" मालिक ने कहा और सभी गहनों को एक बड़े बैग में पैक करवा दिया। साथ में गिफ्ट के तौर पर एक अच्छी दीवार घड़ी और 2- 3 बैग भी डलवा दिये।

"मैं जब रूपये लेकर आऊंगा तो फिर इन गहनों को कहां-कहां ढोता चलूँगा? जमाना भी खराब है। मैं ऐसा करता हूं कि इस बैग को लेकर चला जाता हूँ। आप

घबराइए मत। मेरी बीवी और बच्चा आपकी दुकान में ही रहेंगे। अभी सामने की दुकान से कपड़े भी लेने हैं।" पुरुष ने कहा

"ठीक है, मगर जल्दी आइएगा।" मालिक बोला।

वह पुरुष बैग लेकर कार में बैठा और रूपये लाने चला गया। मालिक दूसरे ग्राहकों को देखने लगा। स्त्री ने अपने रो रहे बच्चे को दुकान में ही बैठे- बैठे आंचल से ढक कर दूध पिलाया और उसे थपकी देकर सुलाने लगी। आधा घंटा हो गया था। उसका पति रूपये लेकर नहीं आया था। स्त्री उसका बेसब्री से इंतजार कर रही थी। उसने हिचकते हुए मालिक से पूछा, "भाई साहब ... यहां आस-पास ... में बाथ...रूम ... है...!"

"इस दुकान की बगल में।" मालिक ने हाथ के इशारे से बताया।

"धन्यवाद। जरा मेरे बच्चे को देखियेगा।" कह कर वह अपने बच्चे को धीरे से उसी कुर्सी पर सुला कर बगल में चली गई।

करीब 15 मिनट हो गए, मगर वह स्त्री नहीं आई। तब मालिक ने गौरी को उस स्त्री को देखने के लिए भेजा। गौरी ने आकर बताया कि वहां वह स्त्री नहीं है। यह सुन कर मालिक का दिल घबरा गया। वह पसीने से तर होने लगा। उसने अपने सभी नौकरों को उस स्त्री को ढूढने के लिए दुबारा दौड़ाया । पूरी दुकान में हड़कम्प मच गया। सभी नौकर खाली हाथ लौट आये।

किसी ने कहा, "अभी तो उसका बच्चा यहीं है। वह आ जाएगी।"

पर मालिक को शक हुआ। उसने सो रहे बच्चे के ऊपर से फर वाला तौलिया हटाया और उसके साथ सभी की आंखें विस्मय से फटी की फटी रह गईं। वह कोई जीता जागता बच्चा नहीं था, बल्कि बैटरी द्वारा चालित एक बड़ा गुड्डा था। जो बटन दबाने पर हंसता-रोता था। मालिक दहाड़ें मार-मार कर रोने लगा, "मैं लुट गया .... बर्बाद हो गया...। मेरी आंखों के सामने उन दोनों ने मेरी पूरी दुकान लूट ली ..." और वह बेहोश होकर गिर पड़ा।

37

राज

मैं आदित्य को डॉक्टर को दिखाकर जैसे ही सड़क पर आया उसने मुंह बनाते हुए कहा, “पापा, संडास जाना है।”

“डॉक्टर के क्लिनिक में इतनी देर था तो तुम्हें वहां जाना था । अब क्या बीच सड़क पर करेगा ?” मै गुस्सा हो गया।

“नहीं । पापा, उस गली में बड़े पापा का फ़्लैट है न, वहीं चलिए ।” आदित्य ने सड़क के उस पार एक संकरी गली की तरफ इशारा किया।

“अब तू रिश्तेदारों के यहां संडास करने जाएगा । चल, स्टेशन के पास सुलभ शौचालय है वहीं कर लेना । जाने में 2 मिनट लगेंगे ।”

संडास के 10 रूपये और अपने लघुशंका के 5 रूपये देकर मैं बाथरूम में सोच रहा था, चलो 15 रूपये में काम हो गया। नहीं तो भाई साहब के यहां जाता तो कम से कम 250 सौ रूपये खर्च हो जाते ।

उनकी नई बहू आई है आते समय उसके हाथ पर 101 रूपये रखने ही पड़ते और आधा किलो मिठाई के भी रूपये देने पड़ते । अब यह राज मै आदित्य को कैसे बताता ?

38

पट्टी

प्रकाश 8 - 9 बजे रात में आफिस से घर आता तो प्रिया चाहती कि वह उससे हंसे-बोले। दुनिया भर की बातें करे। मगर थका मांदा प्रकाश खाना खाकर सो जाता। प्रिया कुछ पूछताछ करती या बात करने की कोशिश करती तो वह आग बबूला हो जाता। उसका मन करता कि प्रिया की जुबान खींच ले।

एक दिन वह गुस्से से बोला, "तुम अपनी कैंची की तरह चलने वाली जुबान बंद रखो।"

"क्यों बंद रखूं ? तुम मेरे पति हो। मैं तुम से सुख-दुख की बातें नहीं करूंगी तो किससे करूंगी ?"

"मैं दिन भर हजारों लोगों से घिरा रहता हूं। हर क्षण बात ही बात। सोचता हूँ कि घर जाने पर मुझे शांति का माहौल मिलेगा पर नहीं, यहां तुम्हारी ही बक बक चालू हो जाती है।"

"जब शांति चाहिए तो जंगल में चले जाओ। घर और बीवी की क्या जरूरत थी ?" प्रिया बोली।

"सटाक !" प्रिया के गाल पर जोर से दो थप्पड़ पड़े, "अब ज्यादा बोलोगी तो ब्लेड से तुम्हारी जुबान काट दूंगा।" कहकर प्रकाश सोने चला गया।

प्रिया रोती रही रात भर।

अगली रात प्रकाश आफिस से घर आया। प्रिया ने सोचा कुछ पूंछू तभी उसे रात की पिटाई और ब्लेड से जुबान काट दूंगा याद आते ही सिहर गई।

उसने झट से रूमाल से अपने मुंह पर पट्टी बांध ली।

39

फर्ज

“हैलो कौस्तुभ, मैं अभी - अभी इंडिया आ गया और भारत की धरती पर अपने पैर रखते ही मैंने सबसे पहले तुम्हें ही फोन किया है ।” एरोप्लेन से उतरते ही ख़ुशी से भरे तुषार ने कहा।

“अरे यार, इसी को तो कहते हैं पक्की दोस्ती। तुम एयरपोर्ट पर ही ठहरो मैं तुम्हें लेने आ रहा हूं।” कौस्तुभ फोन पर बातें करते हुए अपनी कार एयरपोर्ट जाने वाली सड़क की तरफ मोड़ने लगा।

“रूक... रूक...” तुषार ने उसे फोन पर ही रोका ।” उसने एयरपोर्ट पर टंगी बड़ी सी घड़ी में सुबह के 10 बजकर 40 मिनट होते देख कर बोला, “कौस्तुभ, तू तो अभी अपने नर्सींग होम में होगा। तुम्हारी प्रतीक्षा में वहां बहुत सारे मरीज भी तो होंगे।”

“नहीं, अभी मैं घर से निकला हूं। वैसे क्या फर्क पड़ता है। मरीज का काम ही है डॉक्टर का इंतजार करना ।” कौस्तुभ लापरवाही से बोला ।

“बुरा मत मानना । पर तुम्हारी सोच गलत है। ठीक है कि तुम अपने बेस्ट फ्रेंड को रिसीव करने के लिए यहां आना चाहते हो । तुम्हारे यहां आने जाने और मुझसे मिलने में कम से कम एक घंटा जाएगा और तुम पहले ही नर्सिंग होम लेट जा रहे हो । इतने लेट जाने पर तुम्हारे सभी मरीज कितने बेचैन हो जाएंगे। सीरियस मरीजों के लिए यह एक - एक क्षण मौत का सामान होगा। हर मरीज डॉक्टर को दिखाने जाने के पहले अपने अपने ईश्वर-अल्लाह आदि से प्रार्थना करके जाता है कि आज डॉक्टर से मेरी मुलाकात हो जाए, क्योंकि ज्यादातर डॉक्टर लापरवाह होते हैं। वह समय से क्लीनिक पहुंच कर अपने मरीजों को देखना अपनी तौहीन समझते हैं। कोई-कोई डॉक्टर तो मरीजों को बीच में छोड़ कर अपने दोस्तों के साथ

घूमने तक भी चले जाते हैं। डॉक्टर सोचते हैं कि हम जितने लेट मरीज देखेंगे उतने ही हम बड़े डॉक्टर कहलाएंगे। पर ऐसी बात नहीं है। मैं तुम्हारी ख़ुशी समझ सकता हूं। तुम अपने दोस्त के अमेरिका से आने की ख़ुशी में इतने लापरवाह भी मत बनो। हम शाम को मिलकर खूब सारी बातें करेंगे।"

"ठीक कह रहे हो दोस्त, मैं डॉक्टर होकर भी गैर जिम्मेदार हो गया हूं। मरीज को समय से देखना डॉक्टर के फर्ज का ही एक हिस्सा है। मैं शाम को मिलूंगा।" कहकर कौस्तुभ ने मोबाइल बंद किया और कार नर्सिंग होम की तरफ बढ़ा दी।

40

सिंदूर इतना सस्ता

ज्योति दो-तीन ग्राहकों में उलझी हुई थी तभी टॉप जींस पहने बीस-बाइस साल की एक स्मार्ट लड़की दुकान में आई, “सिंदूर है क्या?”

“हां, है। कौन सा सिंदूर, सूखा-गीला?” ज्याति ने पूछा।

“गीला।”

ज्योति उसे गीला सिंदूर थमा कर दूसरे ग्राहकों से रूपये लेने लगी।

“अच्छा वाला सिंदूर दिखाइए न।” लड़की ने कहा।

“मैडम, यह कंपनी का अच्छा वाला ही सिंदूर है।”

“ओ... ओ... ओ कौन सा सिंदूर है?” लड़की ने शो केस में रखे सिंदूर की तरफ इशारा किया।

“यह लिपस्टिक सिंदूर है।” कहते हुए ज्योति ने उसके सामने लिपस्टिक सिंदूर, पैंसिल सिंदूर, कलकतिया लाल सिंदूर, पीला सिंदूर सूखा वाला, कथी सूखा सिंदूर और लोकल ब्रांड का गीला सिंदूर सब रख दिए। उसे जो पसंद होगा वह ले लेगी।

सभी ग्राहक चले गए। सिर्फ वह लड़की ही थी। उसने वह मैरून गीला कुमकुम ही पसंद किया, “कितने का है?”

“दस रूपये।” ज्योति काउंटर पर से सारे सिंदूर उठाते हुए बोली।

वह लड़की रूपये देकर चली गई। ज्योति शो केस में सिंदूर रखने लगी कि अचानक उसकी नजर बाहर खड़ी मारूति कार पर चली गई। वह अपनी दुकान के बने कांच के दरवाजे से देखने लगी।

उस लड़की ने कार में बैठ दरवाजा बंद कर लिया। ड्राइवर की सीट पर बैठे आदमी ने उससे कुछ कहा। लड़की ने दरवाजे का हल्का काला शीशा ऊपर उठा

दिया।

उस आदमी ने वह सिंदूर का डिब्बा उससे लेकर उसकी मांग में लगा दिया। लड़की ने कार के आईने में खुद को देखा फिर दरवाजे का शीशा नीचे कर दिया और कार चली गई।

ज्योति का दिमाग चक्कर खा गया। आखिर यह माजरा क्या है? हिंदू धर्म में पुरुष, स्त्री को सिर्फ दो ही बार सिंदूर लगाता है। एक विवाह वेदी पर और दूसरा अर्थी पर! फिर यह लड़की कार में बैठे-बैठे ही सिंदूर लगवा रही है पति से या किसी दूसरे से... घुमंतु कार में ही शादी... बिन फेरे बिन पति के...!

"क्यों मैडम, कहां खोई हो?" ज्योति के पति अवराज दोपहर का खाना खाने आए।

"अरे, आप कब आए?"

"पता नहीं तुम सड़क पर किसे देख रही हो। लग रहा है कोई मिल गया ...।"

"आप भी न केवल मजाक ही करते हैं। मैं एक लड़की को देख रही थी।" और ज्योति ने उस लड़की की पूरी कहानी कह कर अवराज पर नजरें टिका दीं।

"वह लड़की कार वाले के साथ इधर 'देवका बीच' की तरफ ही गई है न?"

"हां, पर आपको कैसे पता चला?"

"अरे, मेरी जान, यह महानगर है। यहां रोज ऐसा ही होता है। तुम नई-नई आई हो यहां, इसलिए तुम्हें कुछ समझ में नहीं आया।"

अवराज बताने लगे, "वह लड़की अपने बॉस, मैनेजर या आफिस में काम करने वाले किसी बड़े ओहदे वाले के साथ होगी। यहां वह दरिया (समंदर) किनारे होटल में ठहरेंगे और मौज मस्ती करते हुए रात गुजारेंगे।

आदमी ने उस लड़की को सिंदूर इसलिए लगाया ताकि होटल में वह उसे अपनी पत्नी के रूप में पेश करे। क्योंकि बड़े-बड़े होटलों में सिर्फ पत्नी के साथ ही जाने की अनुमति रहती है। दोनों की मस्ती जब खत्म हो जाएगी तो लड़की अपने घर जाने से पहले वह सिंदूर धो देगी बस...।"

"क्या ऐसा होता है? आज सिंदूर इतना सस्ता हो गया है कि इसकी आड़ में इतनी घिनौनी हरकत।" ज्योति को यह सच स्वीकार नहीं हो रहा था।

"लड़कियां नौकरी करती हैं या पढ़ने आती हैं गांव से या कुछ मजबूरी से या अपनी मस्ती के लिए ऐसा ही करती हैं।"

"पर वह..."

"अब तुम पर वर छोड़ो। चलकर मुझे खाना दो। मुझे बहुत भूख लगी है।" अवराज ने कहा और दुकान के अंदर घर में चले गए।

ज्योति के मन में अभी ढेरों बातें उछल रही थीं - लड़कियां अपने बालों को चाहे जितने हीरे-मोती से सजा लें, सिर से लेकर पांव तक कितने मेकअप करे, मगर वह चुटकी भर सिंदूर बिना शादी के नहीं लगा सकतीं, पर आज का हाई लेवल वाला अत्याधुनिक जीवन किस रसातल में जा रहा है?

मात्र एक चुटकी सिंदूर न मिलने पर कितनी लड़कियां आत्महत्या कर लेती हैं पर आज ...। इतने पवित्र सिंदूर का इस्तेमाल इतने घटिया रूप में? हे ईश्वर, अब तू ही इन लोगों को समझा। उसने ठंडी आह भरी और खाना देने चली गई।

41

भेदभाव

दिव्या जब भी खाना बनाती थी तो अक्सर उसका खाना बच जाता था। घर में दो ही लोग थे। वह और उसका पति। सो बचा हुआ खाना हमेशा फेंकना पड़ता था।

उसके घर के सामने सड़क के उस पार एक किसान रहता था। दिव्या ने उस किसान से उसे गाय-बैलों को खिलाने की इजाजत मांगी। उसने हामी भर दी। अब जब भी खाना बचता वह उन गाय-बैलों को खिला देती। लेकिन वह ज्यादातर खाना गाय को ही देती थी, क्योंकि बचपन में उसने दादी के मुंह से सुना था कि गाय को खिलाने से बहुत पुण्य मिलता है दूसरे जानवरों को खिलने से उतना पुण्य नहीं मिलता। इसी कारण वह कभी कभार ही बैलों को खाना देती।

एक दिन दिव्या ने सब्जी बनाने के लिए चने भिगोये थे। चने ज्यादा दिन के होने के कारण उसमें घुन लग गया था। उसे चुन बीन कर फेंकना चाहा मगर दिल में आया कि गाय को खिला दूं। गाय को खिलाने की सोच उसे खुद भी भूख का अहसास हुआ। उसने स्टील का डब्बा खोल कर देखा। एक रोटी थी। उसने सोचा पहले गाय को चने खिला दूं तब खुद खाऊँगी।

घुन लगे चने को अखबार पर रख दिव्या गाय को खिलाने गई। थोड़ी दूर पर गाय और बैल बंधे हुए थे। गाय खड़ी थी और बैल बैठा हुआ था। दूसरा बैल खेत में चरने गया था। दिव्या गाय की तरफ जाने लगी तभी उसे देख बैठा हुआ बैल उठ खड़ा हुआ।

गाय या बैल जब भी बैठे रहते और दिव्या को वहां आते हुए देखते तो उठ जाते कि यह हमारे लिए खाने को कुछ लाई है। गाय और बैल उसे अच्छी तरह पहचान गए थे। दिव्या ने गाय की नाद में चने डाल दिए। वह खाने लगी। जब वह पलटकर जाने लगी तभी अचानक उसकी नजर उस बैल पर पड़ी जो उसे ही देख रहा था। बैल

सिर हिला- हिला कर उसे देखे जा रहा था। दिव्या को बड़ा अजीब लगा। उसे लगा कि उसने उस बैल के साथ ज्यादती की है। उस बैल को भी थोड़े चने देने चाहिए थे। वह जानवर है। भले उसकी जुबान नहीं है। पर उसको देखकर यों खड़े होना अमुक आंखों से कुछ कहना वह समझ नहीं पाई। उसे लगा कि उसने बहुत बड़ी गलती कर दी है।

दिव्या दौड़कर घर आई। उसे भी भूख लगी थी, लेकिन उसने एक कागज पर रोटी रख बैल के सामने जाकर रख दी।

पर यह क्या? बैल ने अपना मुंह दूसरी तरफ घुमा दिया। दिव्या को काटो तो खून नहीं। उसने सोचा भी नहीं था कि बैल अपना गुस्सा इस तरह प्रकट करेगा। उसकी आंखें भर आईं।

तभी एक छोटा लड़का एक सूखी रोटी लेकर वहां आया और बैल के आगे रख दी। बैल की आंखों में चमक आ गई।

उसने लार गिराते हुए अपनी बड़ी-सी जीभ निकाली और रोटी को मुंह में डालकर खाने लगा। दिव्या की रोटी वैसे ही जमीन पर पड़ी रही।

42

श्रृंगार

मांग में दमकता कलकतिया लाल सिंदूर, ललाट पर नगदार लंबी बिंदी, लिपिस्टिक लगे होठ, कान में सोने के झुमके, नाक में नथ, गले में ए. डी. नग का चमचमाता मंगलसूत्र, साथ में मैंचिग सोने का हार, दो-दो दर्जन लहठी चूड़ियों व मेहंदी से रचे गोरे हाथ। बड़े-बड़े नाखूनों पर डिजाइनिंग नेन पालिश। अंगुलियों में सोने की अंगूठियां, रुनझुन करती दुल्हन पायल, पांचों अंगुलियों में बिछुएं तथा महावर लगे कोमल पैर और लाल रंग की बनारसी साड़ी में लिपटी पूजा की थाल सजाए सुकन्या को अपने सामने देख अंजली बस देखती रह गई।

"अरे, अंजली, तुम मुझे ऐसे क्यों देख रही हो? तैयार भी नहीं हुई। मंदिर कब चलोगी?" सुकन्या ने उसका ध्यान भंग किया।

"सच यार, आज तुम बहुत खूबसूरत लग रही हो। बिल्कुल नई नवेली दुल्हन की तरह। बस, मैं झटपट नहाकर चलती हूँ।"

"आज हरितालिका तीज है। सोलह श्रृंगार तो करने पड़ेंगे न। शाम के 6 बज गए और तू अभी खाना बना रही है। चूल्हे के पास रहने से प्यास लगती है।"

"अरे, यार, चार रोटियां सेकने में कैसी प्यास? सौरभ आफिस से आएंगे तो क्या खाएंगे? यही सोच कर मैंने उनके लिए खाना बना दिया हैं। वैसे वह होटल में खाने के लिए बोल रहे थे, पर मैंने उन्हें मना कर दिया। असली श्रृंगार तो पति ही है न! पति के कारण ही तो हम स्त्रियों को सौभाग्यवती कहा जाता है।" रोटी बेलते हुए अंजली बोलती जा रही थी।

सुकन्या मन ही मन शर्मिंदा हो गई कि उसने दो-चार दिन से बीमार चल रहे अपने पति को सुबह से लेकर रात तक होटल का रास्ता दिखा दिया था। उसने तो तन का श्रृंगार किया था, पर अंजली ने तो मन का श्रृंगार किया है।

43

चोरी

स्टेशनरी की दुकान पर सुधांशु बेटे के लिए हिंदी- अंग्रेजी की नोट बुक, पेंसिल और रबड़ खरीद रहा था।

दुकानदार चाय पीते हुए दूसरे हाथ से सभी समानों का पूरा पैकेट ही उसे थमा दिया ताकि जो पसंद आयेगा वह ले लेगा। खुद बाहर कप रखने और हाथ धोने चला गया।

बहुत सारी पेंसिलें, रबड़ और कटर थे। सुधांशु के मन में लालच आ गया। उस समय वह दुकान में अकेला था। उसने दो रबड़ और कटर अपनी जेब में रख लिए। काउंटर पर एक पेंसिल, एक रबड़ और एक कटर रख दिया दुकानदार की नजर में ।

दुकानदार जब नोट बुक दिखाने लगा तब उसने अनजान बन कर पूछा, “सेठ जी, आपने मुझे पूरा पैकेट थमा दिया था अगर मैं चुरा लेता तो ?”

“दो-चार रूपये की चीजें चुराकर आप मेरी किस्मत थोड़े ही ले लेंगे। न हीं मरते समय उन चीजों को मुठ्ठी में बांध कर ले जाएंगे। यह आप पर निर्भर है कि आप बेईमान बनेंगे या ईमानदार । जो चोरी करेगा वह खुद अपनी नजरों में गिरेगा।” कहकर दुकानदार दूसरे ग्राहकों को सामान देने लगा।

सुधांशु अपनी जेब से रबड़ और कटर निकालकर काउंटर पर रखते हुए बोला, “इनके भी रूपये जोड़ लीजिए।”

44

अपना स्वार्थ

नई बहू के आने से मिसेज वर्मा बहुत खुश थीं, क्योंकि उन्होंने अच्छी तरह से जांच पड़ताल कर अच्छे कुल खानदान की लड़की को अपने घर की बहू बनाया था। उनका बेटा दीप भी नई दुल्हन पाकर खुशी में मस्त था। वह चाहता था कि अपनी नई नवेली दुल्हन को लेकर अपनी नौकरी पर चला जाए। पर मिसेज वर्मा को यह कतई मंजूर नहीं था। नई बहू को वह इतनी छूट नहीं देना चाहती थीं। दीप मन मसोसकर नौकरी पर चला गया। वह दो-चार माह पर छुट्टी लेकर घर आता और दुखी मन से लौट जाता। उसके इस तरह चले जाने से नई दुल्हन भी दुखी हो जाती। वह दीप के साथ जाना चाहती थी मगर यह बात अपनी कड़े पानी वाली सास से कहने से डरती थी। अब शादी हुए एक साल होने को था। नई बहू के पैर भारी नहीं हुए। पर उसकी छोटी ननद की शादी के छह माह के बाद ही पैर भारी हो गए। मिसेज वर्मा को चिंता होने लगी।

दीप अपनी शादी की पहली सालगिरह मनाने घर आया। चार दिन रह कर आज वह लौटने वाला था। तैयार हो चुका था। मां के पैर छूते हुए कहा, “अच्छा मम्मी, चलता हूं।”

“बहू, भी आज तुम्हारे साथ जाएगी। शादी को एक साल हो गया पर अभी तक वह कहीं घूमने नहीं गई है।” मिसेज वर्मा ने कहा।

“क्या वह भी जाएगी?” दीप के मन में खुशी और बातों में आश्चर्य था।

“हां!” कह कर मिसेज वर्मा बहू से बोलीं, “बहू, तुम जल्दी से तैयार हो जाओ। मैं तुम्हारे कपड़े पैक कर देती हूं।”

बेटे-बहू जाने से पहले मिसेज वर्मा के पैर छूने के लिए झुके। उन्होंने आशीर्वाद देते हुए कहा, “तुम दोनों मुझे खेलने के लिए वहां से एक खिलौना लाना।”

बेटे-बहू एक दूसरे की आंखों में देखकर मुस्कुरा पड़े।

45

मातृरूपेण

नवरात्र के नवमी की सुबह प्रत्यूष ने उठते ही अपनी पत्नी से कहा, “प्रज्ञा, जल्दी से तुम देवी माँ का हवन करके तैयार हो जाओ डॉक्टर के पास चलना है बहुत मुश्किल से आज का अप्वाईमेंट मिला है ।”

“मैं हवन सवन कुछ नहीं करूंगी ।” प्रज्ञा गुस्से से बोली ।

“तुम हवन नहीं करोगी, पागल हो गई हो । हवन करोगी तो देवी माँ हम पर सदा खुश रहेंगी हमारे घर में आकर सदा विराजमान रहेंगी ।”

“मामूली - सी मिट्टी की देवी माँ को खुश करने के लिए मैं हवन करूँ और जो साक्षात् मेरी कोख में नन्हीं देवी माँ का रूप आई है उसे तो आप आज जान से मारने पर उतारू हैं । क्या ख़ाक देवी माँ इस घर पर प्रसन्न होंगी ।” कहते – कहते प्रज्ञा फफक कर कमरे में भाग गई ।

कुछ देर बाद वह तैयार होकर प्रत्यूष के सामने आकर खड़ी हो गई। प्रत्यूष ने उसे गौर से देखा । खूब रोने से उसकी आँखें एकदम लाल हो गई थीं, चेहरा मुरझाया हुआ था।

इसी प्रज्ञा ने जब सुना था कि वह माँ बनने वाली है तो गुलाब की तरह खिल गई थी । खुशी के मारे उसकी खूबसूरती में और चार चाँद लग गये थे । पर प्रत्यूष को जैसे है पता चला की उसकी होने वाली अजन्मी संतान लड़की है तो गर्भपात के कीड़े ने उसके दिल दिमाग में तूफ़ान मचा दिया था और प्रज्ञा इसी दुःख में अंदर ही अंदर घुलती जा रही थी । माँ बनने के उसके सारे सपने धराशयी होने वाले थे ।

प्रत्यूष हाथ पकड़ कर बोला, “प्रज्ञा, तुम मुझसे नाराज हो ?”

प्रज्ञा ने प्रत्यूष के हाथों से अपना हाथ छुडा लिया।

"प्रज्ञा, मुझे माफ़ कर दो। मैं तो भूल ही गया था कि मिट्टी की देवी माँ की पूजा आरती और हवन करने से ऊपर बैठी देवी माँ खुश नहीं होती वह तो खुश होंगी तब जब हम उनके रूप में आने वाली अपनी नन्हीं बेटी को दिल से स्वीकार करें, उसका स्वागत करें तुम इस बच्ची को जन्म दोगी, प्रज्ञा! मेरी बच्ची को जन्म दोगी ।" प्रत्युष प्रज्ञा के दोनों हाथ पकड़ कर रुधे गले से बोला ।

"तुम सच कह रहे हो।"

"हाँ, प्रज्ञा, अब तुम हवन करोगी न।"

प्रज्ञा ने मुस्कुराकर हाँ में सर हिला दिया, फिर प्रत्यूष का हाथ पकड़ कर उसके कदम पूजा घर की तरफ बढ़ने लगे ।

पंडित जी का सस्वर श्लोक उसके कानों में मिश्री घोलने लगा -

या देवी सर्व भूतेषु मातृरूपेण संस्थिता ।

नमस्तस्यै नमस्तस्यै नमस्तस्यै नमो नम : ..

46

दूध-चूरा

हाथ में अबीर लेकर सजी धजी झुनी अपने मुहल्ले के सभी महिलाओं को अबीर लगाने गई। वह सभी घर घूमते, अबीर लगाते और पकवानों से पेट भरते अपनी सहेली सीता के घर गई। हालांकि सीता अपनी ससुराल में थी। ऐसे तो झुनी को बाकी दिनों में पढ़ाई से समय मिलता नहीं है होली के बहाने ही सभी से मेल मिलाप हो जाता है।

चाची अपने कमरे में बैठी मिल गई। उसने चाची के पैरों पर अबीर चढ़ाया। उन्होंने आशीर्वाद देते उसके गालों पर लाल अबीर लगा दिया।

कुछ देर यहाँ-वहाँ की बातें होती रही दोनों में। बाहर से चाचा आए। झुनी ने उनके पैरों पर भी अबीर चढ़ाया। वह अंदर चले गए।

किचन से खट-पट की आवाज आई। सभी के घरों में थोड़ा-थोड़ा पकवान खाते-खाते झुनी का पेट भर गया था।

उसने कहा, "चाची, मुझे कुछ पकवान खाने को मत दीजिएगा। पेट बहुत भरा हुआ है। चाचा को मना कर दीजिए कुछ न लाएं।"

"पकवान!" चाची चौंक पड़ी, "मेरे यहाँ तो पकवान बना ही नहीं है। मैं तुझे क्या खिलाऊँगी? जबकि मैंने और तेरे चाचा ने आज पकवान का मुंह ही नहीं देखा।"

"क्या मतलब..? आप होली नहीं मना रही हैं?"

तभी चाचा एक कटोरी में दूध-चूरा लेकर वहाँ आए और एक कुर्सी पर बैठ कर खाने लगे।

चाची ने भरे गले से कहा, "सुबह से हम दोनों दूध-चूरा ही खा रहे हैं। मेरे घुटने में आज दर्द ज्यादा ही था, इसलिए कुछ नहीं बनाई।"

"आपकी दोनों बहुएँ! बड़ी भाभी तो बगल में ही रहती हैं न!"

"हाँ, रहती है, मगर पूछती कहाँ है। बेटा भी नहीं पूछता। छोटी बहू दो दिन पहले मायके गई और बेटा आज सुबह अपनी ससुराल होली मनाने गया।"

"अपने बूढ़े माता-पिता को अकेले छोड़ कर वह चला गया, किसके भरोसे?" झुनी के मुंह से निकल गया। "दूध-चूरा के भरोसे..." चाचा की आँखों में कुछ तैरने लगा।

47

कांच की किरचें

कोरोना की दूसरी लहर में आकाश का इकलौता पुत्र रॉकी कोरोना पाजिटिव हो गया । लॉकडाउन क्या टूटा था कि वह भी सभी की तरह एकदम लापरवाह हो गया था । न मास्क पहनना न कही जाने से बचना । एक दोस्त की बर्थडे पार्टी में गया और जमकर इंज्वाय किया ।

दो - चार दिन बाद उसे खांसी हो गई । घर वाले ने पहले हल्के में लिया फिर खांसी तेज हो गई, सांस लेने में तकलीफ होने लगी । डाक्टर को दिखाया गया और वह कोरोना पाजिटिव निकला । धीरे - धीरे आक्सीजन का लेबल उसका कम होता गया । पहली आक्सीजन की टैंक खत्म होने वाली थी, डाक्टर ने दूसरी टैंक लाने को बोल दिया। आकाश को आक्सीजन मिल ही नहीं रही थी।

सभी दलालों ने आक्सीजन की कालाबाजारी शुरू कर दी थी और पांच सौ-हजार की आक्सीजन लाखों में बिकने लगी । एक दलाल का पता चला जो अस्सी हजार रूपये में एक आक्सीजन टेंक देने को तैयार था ।

रॉकी के इलाज में पहले ही बहुत पैसा लग चुका था । आकाश ठेले पर फल बेचने वाला मानुष इतने रूपये कहां से लता ? घर भी किराये का था । पत्नी और उसने जोड़ - तोड़ कर चालीस हजार रूपये जुटाए थे। आकाश रूपये लिए दलाल के पास पहुंचा । दलाल ने एकदम न बोल दिया ।

आकाश ने हाथ - पैर जोड़े । उसके साहब से बात करने के लिए कहा । दलाल ने खुद पीछा छुड़ाने के लिए उसे अपने साहब के केबिन में भेज दिया ।

साहब की कुर्सी पर बैठे मुख्य दलाल को देख आकाश को लगा कि वह गिर जाएगा । उससे अलग रह रहा उसका छोटा भाई विकास इंसान की साँसों को बचाने के लिए आज दलाल बना बैठा है ! विकास भी थोड़ा सकते में आ गया ।

आकाश ने उसके भतीजे की बहुत तबियत खराब होने की बात कही । उसे पूर्ण विश्वास था, छोटा भाई बिना पैसे के ही उसे आक्सीजन सिलेंडर दे देगा ।

पर यह क्या उसके मुंह से निकला, “आक्सीजन नहीं है ...”

आकाश ने रूपये टेबल पर रख हाथ जोड़ कर कहा, “भाई, यह चालीस हजार रूपये ले लो, लेकिन मुझे आक्सीजन दे दो, तुम्हारा भतीजा मौत के मुंह में है।”

“बिना अस्सी हजार से एक रूपये कम नहीं ! यहाँ रिश्तेदारी की बात न करें ! सौदा कीजिए !”

आकाश को विश्वास ही नहीं हुआ कि उसका भाई ऐसा निकलेगा । उसके हृदय में भाई का बोला गया एक - एक शब्द लगा कि जैसे कांच की नुकीली किरचें धंस गई हों जिनसे वह बुरी तरह लहूलुहान हो गया। उसने रोते हुए भाई को याद दिलाया कि ‘रॉकी’ नाम उसने ही रखा था, लेकिन दलाल भाई ने कुछ नहीं सुना । आकाश आंसू बहाते हुए चला गया ।

शाम को विकास घर गया । रोती हुई पत्नी ने बताया, “आक्सीजन न मिलने के कारण आपका भतीजा रॉकी कुछ देर पहले गुजर गया ...”

48

मछली

पूरे मुहल्ले की मुंह बोली दादी अपने जीवन के 60 सावन देख चुकी थी।

अब वह बिस्तर पर गिर चुकी थीं। उन्हें उठाना बैठाना उनकी छोटी भाभी कर रही थीं।

शादी के 10 वर्ष बाद ही दादी के पति गुजर गए थे। इनकी कोई संतान भी नहीं हुई थी। अपने ससुराल की यह इकलौती बहू थीं। अतः अपनी सारी दौलत और जमीन अपने गरीब छोटे भाई भाभी के नाम कर चुकी थीं।

जब दादी का चलना फिरना सब बंद हुआ तो छोटी भाभी इनके ससुराल में ही रह कर इनकी सेवा करने लगीं। वह सेवा के नाम पर सिर्फ धन की खातिर अपनी बुढ़िया ननद को बर्दास्त कर रही थी।

छोटी भाभी रोज मन ही मन प्रार्थना करती कि बस यह बुढ़िया जल्दी से मरे और वह सब कुछ बेच कर जल्द से जल्द अपने घर चली जाए, पर प्रार्थना करने से भला किसी को मौत कहां आती है।

एक दिन नमकीन चावल देख दादी को उल्टी आने लगी। उन्होंने छोटी भाभी से कहा दुलहिन, “रोज- रोज यह गीला भात और चोखा खाने से मेरा मन ऊब गया है। तुम कुछ बढ़िया खाना बना कर मुझे खिलाओ।”

“पनीर की सब्जी बना दूं दीदी?” छोटी भाभी ने पूछा।

“न ... ना मुझे तो चटक-मटक मछली खाने को मन कर रहा है।”

“दीदी, यह आप क्या कह रही हैं...?” छोटी भाभी का मुंह आश्चर्य से खुला का खुला रह गया। मौत नजदीक है और आप मछली खाने को मांग रही हैं। आज तक आप भगत रहीं और अंत समय में ...”

"क्या करूं? मेरी आत्मा मांग रही है। बस, मुझे किसी तरह मछली खिला दो।" दादी याचना भरे स्वर में बोली।

छोटी भाभी ने अपने पति से कहा। छोटे भाई के भी माथे पर बल पड़ गए। घर में हंगामा होने लगा । दादी जिद करने लगी कि मैं मछली खाऊँगी और भाई-भतीजा कहते कि हम मछली देकर उनका अंत नहीं बिगाड़ सकते। आखिरकार जीत दादी की हुई ।

भाई ने जाकर मछली खरीदी। पहली बार दादी की रसोई घर में मछली बनाई गई। छोटी भाभी ने थाली परोसी और दादी ने डंट कर मछली-भात खाया।

कहाँ वह मौत की घड़ियां गिन रही थीं, मगर अब तो वह तीनों समय मछली खाने की फरमाइश करने लगीं। कभी छोटी मछली तो कभी बड़ी मछली।

छोटे भाई-भाभी को उनके उठने का इंतजार था, पर दादी को रोज मछली खाने का सुरूर था।

49

मर्जी

"ऐ ... सुनो ... ना, आज मेरा मन कर रहा है..." सुनैना ने धीरे से रमन के कान में फुसफुसाया।

"सटाक... सटाक...। मैं दिन भर मजदूर की तरह बाहर खटूं और रात में कुश्ती लड़ूं ..." रमन उसे भद्दी-भद्दी गालियाँ देते हुए चीख पड़ा।

फिर उसने अपनी सास और साली को लक्ष्य कर गाली देते हुए उसकी पीठ पर दो-चार मुक्के दे दिए।

जिससे सुनैना औंधे मुंह बिस्तर पर गिर पड़ी। रमन उसको गाली देते करवट फेर कर सो गया।

लेकिन सुनैना आंसू बहाते हुए सोच रही थी कि आज उसका मन किया तो वह बदमाश बन गई और जब रमन सुबह उठते के समय या दोपहर में, हर दो या तीन दिन पर अपनी इच्छा जाहिर करता है तो वह कभी ना नुकुर नहीं करती है। स्वेच्छा से समर्पित हो जाती है। अगर कभी ना बोला तो उसी समय लात घूसों से पिटाई हो जाती है।

पिछले सप्ताह ही बुधवार को उसने बाल धोये थे । गुरूवार का व्रत करने के लिए । वह नीचे चटाई पर सो गई।

रमन ने चटाई पर आकर उससे तैयार होने को बोला।

सुनैना ने भगवान का हवाला देकर इंकार किया।

"तेरा विष्णु मैं हूं। मेरी इच्छा पूरी करना तेरा धर्म है। पत्नी की नहीं सिर्फ पति की मर्जी चलती है।" कहते हुए वह उस पर टूट पड़ा था।

50

आहत मन

सगाई करने के पूरे ताम झाम के साथ मधुर लाल बेटी पत्नी के साथ होटल में पहुंच चुके थे। लेकिन जया को दुबारा लड़के वालों ने इंकार कर दिया। उसके गहरे सांवलेपन के कारण। सभी ने सात-आठ बार अस्वीकार का मुंह देखा था।

यह रिश्ता खुद की रिश्तेदारी में था, इसलिए सबने सोचा था कि लड़के वालों पर दबाव डाल शादी तय करवा लेंगे, लेकिन नहीं। लड़के वालों ने कह दिया कि लड़की तो काली मइया है।

जया बुरी तरह से रो पड़ी। उसके रंग के कारण उसे कितना जलील होना पड़ता है। उसकी पढ़ाई, लिखाई और गुण सब ताक पर धरे रह जाते हैं, एक सांवलेपन के कारण। हर बार अपमान सहना पड़ता है। रिजेक्ट सुनकर माता-पिता की जान ही निकल जाती है। हालांकि छोटी चारों बहनें गोरी छरहरी पिता पर गई थीं। और जया ने मां का ही रूप रंग ले लिया था। सताइस-अठाइस साल की लड़की अपने गहरे सांवले रंग का दंश झेल रही थी और उसी के कारण चारों बहनें भी लटकी थीं। सब छोटी को ही पसंद कर लेते। लेकिन माता -पिता पहले जया की ही शादी करना चाहते थे।

चार साल पहले ऐसे ही जया को देख एक लड़के ने कहा था, 'मां, यह तो एकदम काली कलूटी है।'

जया की उसी समय प्राथमिक शिक्षक की नौकरी लगी थी। नौकरी के कारण सभी जगहों से रिश्ते आ रहे थे। दो लड़के वाले उसे देख बिना कुछ कहे चले गए थे।

वह गुस्से में सबके सामने बोल पड़ी, 'मैं काली कलूटी हूं, तो तुम क्या काले गैंडे नहीं हो? मुझे कुछ कहने से पहले अपनी शक्ल भी देख लो।' थुल-थुल काले मोटे लड़के की हवा टाइट हो गई। लेकिन इस वाकया के बाद जया बदनाम हो गई कि

लड़की झगड़ालू और मुंहफट है। अपनी नौकरी के घमंड में है। ऐसी लड़की अगर किसी की बहू बन जाए तो आते ही हंड़िया तसला अलग कर सास-ससुर को घर से ही निकाल देगी। अब हर लड़के वाले जया का नाम सुनते ही बिदक जाते। माता-पिता ने उसे समझाया कि लड़के वाले चाहे जो कहें मगर वह चुप रहेगी।

मां-बाप की आंखों की नमी देख जया ने अपने स्वाभिमान को मिट्टी में मिला दिया। आज जमाना चांद पर चला गया है। दुनिया अत्याधुनिक हो गई है, मगर आज भी लड़की के मामले में वही पुरानी दकियानूसी सोच है। लड़की काली सांवली रहेगी तो बच्चे भी वैसे ही होंगे।

सब दुखी मन से घर लौट आए। एक महीने बाद फिर उसी लड़के की तरफ से जया के लिए रिश्ता आया। पिता खुश हो गए। लेकिन जया दुखी हो गई। वह कोई चीज वस्तु है जिसे सजाकर रोज-रोज बीच चौराहे के बाजार में रख दिया जाए। जब तक बिक न जाए बाजार में सजती रहे। दो-दो बार इस लड़के वालों ने उसके और उसके परिवार का अपमान किया है। अब वह खुद उससे शादी नहीं करेगी। उसका स्वाभिमान अभी मरा नहीं है। उसका अस्तित्व इतना बेमानी क्यों हो गया है ? उसने साफ शब्दों में इंकार कर दिया।

पिता ने हाथ जोड़ लिए, "बेटी, तुम्हारे साथ हम पूरे परिवार भी तो रिजेक्ट होते हैं। अगुआ ने उन्हें समझा दिया है इस बार पक्का शादी तय हो जाएगी। जहां इतना अपमान सहा वहां कुछ और सह। तुम तो नहीं चाहोगी कि तुम्हारी शादी में इतनी देर होने पर मुझे मजबूरी में छोटी बहनों की ही शादी करनी पड़ जाए। पांच-पांच बेटियों का पिता हूं। मेरा भी तो दर्द समझो। क्या मेरा स्वाभिमान मेरी आत्मा आहत नहीं होते।

लड़के वाले जब तुम्हें देखने आते हैं तो मैं भगवान से कितनी मिन्नतें मांगता हूं। साधु और फकीर से चीनी, चायपत्ती, पानी और हल्दी आदि फुंकवा कर लाता हूं कि बस कैसे भी मेरी जया उनको पसंद आ जाए और मेरे सिर का बोझ हटे। लड़की कितनी भी बड़ी पोस्ट पर हो अगर उसकी शादी नहीं होती है तो समाज उसे बोझ ही कहता है। प्लीज, मान जाओ। लड़के वालों के सामने चलो।" इतिहास के प्रोफेसर अपने पिता मधुरलाल को यूं गिड़गिड़ाते देख जया की आंखें भर आईं।

फिर से उसे लड़के वालों ने देखा और तीसरी बार में वह पसंद आई।

अपने से भी ज्यादा गहरे सांवले, उम्र भी आठ -दस साल बड़ी और उस नून, तेल बेचने वाले लड़के के द्वारा अंगूठी पहनाने पर जया को कोई खुशी नहीं हुई।

51

छोटी चीज

शाम को दो औरतें मशीन की सुई खरीदने आईं। शाम को सुई नहीं बेची जाती इसलिए प्रीति ने कह दिया कि सुई नहीं हैं कल मिलेगी।

दूसरी औरत ताड़ गई, "मतलब सुई है, लेकिन शाम होने के कारण तुम नहीं देना चाहती । इस छोटी सी दुकान पर तुम्हें इतना गुमान, एक छोटी चीज के लिए। हम दूसरी दुकान से ले लेंगे।" उसने प्रीति को चार बातें सुना दीं।

4 - 5 दिन बाद प्रीति अपनी दुकान का सामान लेकर दोपहर 4 बजे दुकान खोलने पहुंची । देखा, उसकी बंद दुकान के बाहर वहीं दोनों औरतें बैठी थीं।

"सुबह से हम आपकी दुकान के कितने चक्कर लगा चुके। सुई के कारण मेरे सारे कपड़े पड़े हैं। दूसरी दुकान पर 16 नंबर की सुई नहीं है।" उसी औरत ने कहा।

दुकान का सटर उठाते हुए प्रीति बोली, "दमण शहर से जाकर ले लेती, बड़ी दुकान से। इस छोटी दुकान के आगे छोटी सुई के लिए सुबह से तपस्या करने की क्या जरूरत थी ?"

52

एक झूठ बदले हुक्म

आकाश को बहुत भारी सदमा लगा। सभी डॉक्टरों ने कह दिया कि वह कभी पिता नहीं बन सकता। वह और उसकी पत्नी ऐन्द्री दोनों दुख के अनंत सागर में डूब गए। घर में माता -पिता और बूढ़ी दादी भी बहुत दुखी हो गए। खुद से निराश होकर आकाश और ऐन्द्री ने एक बच्चा गोद लेना उचित समझा।

ऐन्द्री ने अपनी सास से कहा, “मम्मी जी, हमने एक बच्चा गोद लेने का फैसला किया है।”

“कोई जरूरत नहीं है बच्चा गोद लेने की। न जाने वह किस जात धर्म का होगा?” बीच में बात काटते हुए पुराने विचारों में जकड़ी 70 वर्षीया दादी सास ने कहा।

“पर दादी, हम बिना बच्चे के कैसे रह सकते हैं ? आप जानती हैं कि मैं कभी पिता नहीं बन सकता...।” आकाश ने नम आँखों से कहा।

“कुछ भी हो जाए तुम दोनों बच्चा गोद नहीं लोगे। यह मेरा हुक्म है।”

“दादी जी, ऐसा मत कहिए...।” ऐन्द्री गिड़गिड़ाने लगी।

“बहू, माता जी ठीक कह रही हैं। हम भी बच्चा गोद लेने के पक्ष में नहीं हैं।” सास-ससुर ने कहा।

ऐन्द्री इस बात से काफी आहत हो गई। वह रोती रही और आकाश उसे चुप कराता रहा।

दूसरे दिन आकाश का छोटा भाई विकास अपनी नौकरी से घर आ गया। साथ में उसकी पत्नी नीरजा थी। अचानक उन्हें आया देखकर घर के लोग किसी आशंका से घबरा उठे। नीरजा आते ही ऐन्द्री के गले लग बेतहाशा रोने लगी।

"क्या हुआ नीरजा, तुम इस तरह से रो क्यों रही हो?" ऐन्द्री ने नीरजा की पीठ पर हाथ फेरते हुए पूछा।

"भा ... भाभी, विकास मुझे तलाक दे रहे हैं...।"

"क्या... तलाक...? मगर क्यों ...?" ऐन्द्री बुरी तरह चौंक पड़ी।

"क्योंकि मैं कभी मां नहीं बन सकती हूं। अब वे दूसरी शादी करेंगे।"

"तुम परेशान मत होओ। मैं उसे समझाऊंगी ।" ऐन्द्री ने नीरजा को चुप कराया।

नीरजा के बारे में जानकर सभी बहुत दुखित हो गए। मगर माता-पिता और दादी उसे तलाक दिलाकर विकास की दूसरी शादी कराने के पक्ष में थे। आकाश और ऐन्द्री को यह पसंद नहीं था।

"विकास, नीरजा को तलाक देने की क्या जरूरत है? चाहो तो तुम एक बच्चा गोद ले लो ।" ऐन्द्री ने विकास को समझाते हुए कहा।

"भाभी, मैं बच्चा गोद नहीं लूंगा। मैं फैसला कर चुका हूं। मैं नीरजा को तलाक देकर दूसरी शादी करूंगा।" विकास ने कहा।

"तो ठीक है तुम नीरजा को तलाक देकर दूसरी शादी कर लो और मैं भी तुम्हारे भैया को तलाक दे देती हूं तथा मायके जाकर अपनी दूसरी शादी रचा लेती हूं।" ऐन्द्री ने शांत लहजे में कहा।

"आपका दिमाग खराब हो गया है? आप भैया को तलाक नहीं दे सकतीं।" विकास को झटका लगा।

"क्यों नहीं दे सकती? नीरजा मां नहीं बन सकती है तो तुम उसे तलाक दे सकते हो, इसी तरह मैं भी आकाश को तलाक देने का हक रखती हूं। मैं भी चली आकाश को तलाक देकर दूसरी शादी करने।"

"मैं शादी कर सकता हूं, पर आप नहीं...।"

"आज मैं यह रिवाज तोड़ कर रहूंगी...।" ऐन्द्री की आवाज ऊँची हो गई।

"चुप रहो तुम दोनो। कोई दूसरी शादी नहीं करेगा। मैं यह 'हुक्म' देती हूं कि तुम दोनों अपनी इच्छानुसार अनाथालय से एक-एक या दो-दो बच्चे गोद ले लो।" दादी ने लाठी टेके जोर से कहा।

यह सुनकर ऐन्द्री और विकास आश्चर्य से दादी का मुंह ताकने लगे। विकास जानता था कि इस घर में दादी का ही राज है। उनकी बात उसे माननी पड़ेगी। वह चुपचाप मुंह लटकाकर बाहर चला गया।

ऐन्द्री का मन खुशी से भर उठा क्योंकि अपनी झूठी दूसरी शादी की बात कह कर रूढ़िवादी दादी सास का उसने दिल-दिमाग खोल दिया था और जहां नीरजा का

जीवन तबाह होने से बच गया वहीं उसे बच्चा गोद लेने की आज्ञा भी मिल गई।

नीरजा की आंखों में ऐन्द्री के लिए कृतज्ञता के आंसू भर आए। वह उसके पैरों पर झुकना चाहती थी कि ऐन्द्री ने उसे सीने से लगा लिया।

53

आशीर्वाद

दस तारीख हो गई थी लेकिन पोपल ने अपनी पगार पति नकुल को नहीं दी। वह इंतजार करता रहा। पर सोलह तारीख भी बीत गई। उसने पोपल को आड़े हाथों लिया, "तुम्हारी तनख्वाह कब मिलेगी?"

" कब की मिल गई।"

"तो फिर मुझे दिया क्यों नहीं?" नकुल के होश उड़ गए थे।

"मैंने घर भेज दिया...।"

"घर भेज दिया ? उन रूपयों पर मेरा अधिकार है। दिमाग खराब हो गया है तेरा...।" नकुल खूब चिल्लाने लगा।

पोपल शांत रही।

नकुल इंजीनियर था। अच्छा कमाता था। पोपल को बैंक में नौकरी लगे अभी दो महीने ही हुए थे।

वह बोली, "नकुल, तुम जैसे इंजीनियर को खरीदने में पापा ने 7 लाख रूपये कर्ज लिए हैं। उनका कर्ज उतारने में मैं उनकी मदद कर रही हूं। पापा ने मुझे जी जान से बैंक की पढ़ाई करवाई थी तब आज मैं यह जॉब कर रही हूं। जब कर्ज उतर जाएंगे तब मैं अपनी पेमेंट तुम्हें दे दूंगी।"

हो हल्ला सुन सास-ससुर आ गए। सारी बातें वे जान चुके थे। पोपल उस समय चाय बना रही थी। सास-ससुर एकदम उसके करीब चले आए। एक क्षण को उसे लगा कि कहीं इन्हें अपनी पगार न देकर मैंने गलती तो नहीं कर दी। इसी कारण ये लोग मुझे किचन में जला न दें, सोचते हुए उसके रोंगटे खड़े हो गए।

अचानक सास-ससुर के हाथ पोपल के सिर पर चले गए, "बहू, जब तक तुम्हारे पापा का कर्ज न उतर जाए तब तक तुम इस घर में एक रूपया मत देना।"

54

गृहणी

रात दस बजे चाचा-चाची घर आए। दिल्ली जाने वाली उनकी ट्रेन छूट गई थी। उस समय हम खाने की तैयारी ही कर रहे थे। जितना खाना था सबके लिए हो गया, मगर पत्नी रिया के लिए कुछ नहीं बचा। मम्मी ने कहा कि वह अपने लिए रोटी-सब्जी बना ले। रिया ने कह दिया कि आप चिंता न करें मैं खा लूंगी, भूखे पेट नहीं सोऊंगी। रसोई के सारे काम निबटा, साढ़े ग्यारह बजे वह खाने के लिए बैठी। मैंने देखा, उसने चूरा को पानी में भिंगों दिया और उसमें नमक-तेल डाल भात की तरह अचार के साथ खा-पीकर सो गई।

एक महीने बाद मुझे आफिस के काम से शहर जाना पड़ा। काम जल्दी पूरा हो गया इसलिए मैं चार दिन में ही लौट आया, लेकिन घर में नहीं बताया। सरप्राइज देना चाहता था। सबके लिए उपहार ले लिए थे। कमबख्त ट्रेन तीन घंटे लेट हो गई। मैं घर रात को 11 : 40 बजे पहुंचा। जानता था कि सभी लोग खा पीकर सो गए होंगे। सिर्फ एक रोटी बची होगी, जो सुबह गाय या चिड़ियां खाती है। मुझे जोर से भूख लगी थी। मैंने भी सोच लिया था कि रिया की तरह आज मै भी चूरा को भात की तरह खाऊंगा। उसे चूरा भिगोंने को कह मैं बाथरूम में चला गया।

आधे घंटे में जब नहा कर आया तो डिनर टेबल पर गमागर्म पराठें-भुजिया देख अचरज में पड़ गया, "रिया, तुमने मेरे लिए खाना बना कर रखा था क्या ?"

"नहीं। मैंने अभी बनाया है। जल्दी खा लीजिए। ठंडा हो जाएगा।" हाथ में लगे आटे को धोते हुए रिया बोली। स्वादिष्ट पराठें- भुजिया खा मेरी आत्मा तृप्त हो गई। मन ही मन मैं रिया के आगे नतमस्तक हो गया।

मेरे मन ने कहा - इसी को गृहणी कहते हैं, जो अपने लिए नहीं, बल्कि अपने घर-परिवार, पति और बच्चों के लिए जीती है।

55

अधूरी पूजा

सुबह में अपने पूरे परिवार के साथ नगर अध्यक्ष राधा देसाई जी ने नवमी के दिन नवरात्र का हवन किया था।

नौ कुंवारी कन्याओं को भोजन खिलाने के लिए उन्होंने अपने नौकर भोला को कन्या लाने के लिए भेजा। इधर वह खुद कन्याओं को देने के लिए चुनरी, बिंदी, बाला, माला, दक्षिणा के लिए केले और ग्यारह-ग्यारह रूपयों का इंतजाम करने लगीं।

दोनों बहुएं पूरी, खीर, हलवा और बिना लहसुन प्याज की चने की सब्जी बना चुकी थीं। बस इंतजार था तो नौ कन्याओं का।

आधा घंटा हो गया, मगर भोला नहीं आया। घर का हर सदस्य कन्याओं का इंतजार बहुत बेसब्री से कर रहा था।

"राकेश, जा के देख तो भोला कहां है इतनी देर हो गई वह अभी तक नहीं आया," राधा जी बोलीं।

राकेश अभी दरवाजे तक गया ही था कि भोला खाली हाथ लौट आया। उसे देख राधा जी उबल पड़ीं, "कहां मर गया था ? इतनी देर बाद भी कन्या लेकर नहीं आया।"

"मेमसाब, कोई कन्या मिलती तब तो लाता।"

"राकेश, तू जा और कन्या लेकर आ। बारह बज गए, दो बजे से दशमी चढ़ जाएगी।"

राकेश बाहर भागा। राधा जी ने अपने पति और दूसरे बेटे गोपाल को भी दौड़ाया। वह मन ही मन भगवती मां से प्रार्थना कर रही थीं, 'मां, किसी तरह नौ कन्या मिला दे ताकि उनको भोजन कराकर मैं तेरा नवरात्र पूर्ण करूं। दया कर

मां...'

राधा जी की दोनों बहुओं को एक-एक बेटा हुआ था। उन्होंने मिन्नत मांगी थी कि पोता होने पर नौ दिनों का फलाहार कर कन्या जिमाऊँगी।

दो पोतों के आने के पहले उन्होंने राकेश की पत्नी को तीन बार और गोपाल की पत्नी को दो बार अस्पताल ले जाकर कन्या भ्रूण की बलि दी। राकेश ने फोन पर बताया कि उसे भी कन्या नहीं मिल रही हैं।

राधा जी ने उससे किसी भी तरह सात या आठ कन्या लाने को कहा नहीं तो उनकी पूजा अधूरी रह जानी थी।

एक घंटा हो गया पर कन्या का नामो निशान नहीं था।

राधा जी पूरे कमरे में बेचैनी से चहलकदमी कर रही थीं। उनकी आंखों में नमी आ गई थी।

"मम्मी जी, आप चिंता मत कीजिए, कन्या आ जाएगी। दुर्गा मां पर भरोसा रखिए, लीजिए, पानी पी लीजिए।" राकेश की पत्नी ने पानी का गिलास थमाया।

"नहीं बहू, बिना कन्या पूजन किए मैं पानी भी नहीं पी सकती।"

तभी राकेश खाली हाथ आ गया। उसे देखते ही राधा जी के आंसू छलक पड़े।

"मम्मी जी, पूजा करने के बाद रोते नहीं हैं । माता रानी हमारी परीक्षा ले रही हैं। आप टेंशन मत लीजिए। पापा जी और गोपाल गए हैं न। कन्या को लेकर आते ही होंगे।" गोपाल की पत्नी ने ढ़ाढस बंधाया।

राधा जी की नजरें घड़ी पर टिकी थीं। 3 बज चुके थे। उन्हें रोना आ गया। नवरात्र का सारे व्रत उपवास बिना कन्या पूजन किए अधूरे रह जाएंगे।

वह सोच रही थी कि माता रानी चमत्कार कर देतीं और खुद नौ कन्या के रूपों में मेरे घर आ जातीं, जैसे फिल्मों में होता है, पर ऐसा कहां संभव था। यही तो रील और रियल लाइफ में अंतर होता है। उन्हें रोता देख बेटे-बहू दुखी हो गए।

आध पौने घंटे बाद भोला चीख पड़ा, "मेमसाब, कन्या आ गई... कन्या आ गई..."

"सच में ..." राधा जी को लगा उन्हें बहुत बड़ा खजाना मिल गया। वह ख़ुशी के मारे दौड़ते हुए दरवाजे के पास आईं। पीछे से बेटे-बहू भी ख़ुशी मन से दौड़े।

उन्होंने देखा उनके पति अपनी गोद में दो- तीन साल की एक बच्ची को लिए चले आ रहे हैं। साथ में गोपाल आठ छोटे-छोटे लड़कों का हाथ थामे आ रहा है।

"सिर्फ एक कन्या मिली और यह बच्चे ?" पति के पास आने पर राधा जी ने पूछा।

"पूरे शहर में 'कन्या' मतलब लड़की का अकाल पड़ा हुआ है। कहीं किसी के घर में कन्या हैं ही नहीं। कितनी मुश्किल से यह कन्या मिली है। इसी को यहां लाने में मेरी हालत बिगड़ गई है। बीच रास्ते में कितने लोग इसे अपने घर ले जाने के लिए झपट पड़े थे। तुमने नौ कन्या लाने को कहा था । नौ तो मिली नहीं फिर मेरे दिमाग में एक आइडिया आया कि क्यों न छोटे-छोटे बाल गोपालों (लड़कों) को ही खिलाकर नवरात्र व्रत पूरा कर लिया जाए।

दशमी चढ़ जाने का अब राग मत अलापना। फटाफट इनकी पूजा करके जिमाओ। चार बज गए। तुम भी भूखी प्यासी हो," पति बोले।

"पर लड़कों...?" राधा जी लड़कों के कारण असमंजस में थीं ।

"पर क्या मां ? आज हर कोई आपकी तरह ही समझदार हो गया है। अब इस एक कन्या और इन आठ लड़कों की ही पूजा कीजिए," बेटे ने व्यंग्य से कहा।

राधा जी बुझे मन से एक कन्या और आठ लड़कों की पूजा करते हुए सोच रही थीं, 'आज खुद मेरे घर में पांच कन्याएं मौजूद रहतीं, लेकिन मैंने तो...'

उन्होंने एक कन्या के सिर पर चुनरी ओढ़ाई। माथे पर बिंदी, गर्दन में माला और हाथ में बाला पहनाईं। बाकी कन्याओं को देने के लिए सारे सामान यों ही धरे रह गए। एक कन्या और आठ लड़के भोजन खा रहे थे।

राधा जी मन में सोच रही थीं, 'कहीं मेरी तरह ही आज अन्य लोगों का कन्या पूजन अधूरा न रह गया हो...' सोचते-सोचते लगा कि उन्हें चक्कर आ जाएंगे। वह निढ़ाल सोफे पर बैठ गईं... पर उनके साथ यह घट रही घटना दिल दिमाग में तेजी से घूम रही थी।

'मुझे तो एक कन्या भी मिल गई, लेकिन शायद किसी को एक कन्या भी न मिली होगी ।

इस आधुनिक जमाने में नवरात्र में नौ लड़कों को खिलाकर ही पूजा का समापन करना होगा। पूजा करने के लिए सिर्फ नौ कन्याओं का भी न मिलना आखिर हमारी ही गलती है न!

56

परीक्षा

रात को साढ़े 12 बजे अचानक दरवाजा खटखटाए जाने लगा। नींद में डूबी पूजा को पति की आवाज सुनाई पड़ी। घबराते हुए उसने दरवाजा खोला।

वह बिस्तर पर बैठी कभी घड़ी देख रही थी तो कभी पति को। उसे समझ में नहीं आ रहा था कि क्या सुबह हो गई...। पति तो नाइट ड्यूटी गए थे पर अचानक घर क्यों आ गए..?

वह हार्ट पेसेंट थी। उसका दिल जोर-जोर से धड़क रहा था। पसीने से भींग गई, "आप अभी..."

"मैं तुम्हारी परीक्षा ले रहा था कि तुम मेरी गैरहाजरी में किसी पुरुष को बुलाती हो या नहीं।" पति मुस्कराया।

'ओह ! मुझ पर ऐसा शक..!' पूजा का कलेजा जोर से उछला और वह गश खाकर वहीं गिर पड़ी।

अब परीक्षा देने की बारी पति की थी।

57

बट्टा किसके ऊपर

लोहे के ऊँचे-ऊँचे मोटे पाइप पर एकदम टाइट कपड़े पहने एक लड़की बैठी थी। उसके एकदम करीब उसका दोस्त खड़ा उससे बातें कर रहा था। लड़के के हाथ लड़की के घुटनों पर थे। बातों के क्रम में लड़के के हाथ घुटनों से फिसल लड़की की मोटी-मोटी जांघों पर आ-जा रहे थे। कभी उसके हाथ लड़की की पीठ सहलाते तो कभी उसकी उड़ती हुई जुल्फों को उसके गालों पर आने से रोकते।

लड़की बेतकल्लुफी से हंस-हंस कर उससे बातें किए जा रही थी। एक दो बार नेचुरल लिपिस्टिक लगे उसके होंठ लड़के के गालों पर भी गए।

कालेज के लड़के-लड़कियां स्टेशन पर जहां-तहां खड़े-बैठे आपस में गुटर गू कर रहे थे। दूसरे यात्री पूरी गहराई से उनके हाव-भाव, छेड़ छाड़ और मस्ती देख अपनी-अपनी आंखें सेंक रहे थे।

पास में ही पत्थर की बेंच पर डाक्टर मंदा अपनी सास के साथ ट्रेन के इंतजार में बैठी थी।

उसका रोज का आना-जाना था। वह ऐसे-ऐसे दृश्य या इससे भी बढ़कर देखा करती। पार्क, होटल, आफिस, सिनेमा हाल के साथ बस, ट्रेन सड़क यहां तक कि मंदिर प्रांगण आदि जगहों पर लड़के-लड़कियों को चुम्बक की तरह चिपके देखती।

मगर बूढ़ी सास के लिए यह एकदम नया अनुभव था। कभी कभार वह टी.वी.पर हीरो-हीरोइन को साथ में देखती तो अपनी आंखें बंद कर लेती या बेटे के सामने से उठकर चली जाती लाज के मारे। आज पहली बार वह अपनी आंखों से ऐसा देख रही थी। उसने चारों तरफ नजरें दौड़ाई। हर छोटी-बड़ी उम्र के यात्री उन दोनों को खूब मन से होठों पर मुस्कान लिए देखे जा रहे थे।

सास से नहीं रहा गया बोली, “बहू, तुम तो कहती हो कि आज औरतें-लड़कियां सुरक्षित नहीं हैं। जब लड़का-लड़की ऐसे खुल्लम खुल्ला कर रहे हैं तो क्या सबके मन में पाप नहीं जाग रहा है।”

डाक्टर मंदा को यह अंदाजा नहीं था कि सास ऐसा बोल भी सकती है। उससे कुछ बोलते नहीं बना। बस इतना ही बोली, “फिल्मों में देखते हैं और हकीकत में करते हैं।”

“ऐसे कारनामे देख कोई पुरुष इस लड़की पर कभी हमला बोल देगा तब क्या होगा ? अच्छा, मैं तुमसे पूछती हूं तुम मेरे बेटे के इतने करीब कब होती हो ?”

“मम्मी जी आप...”

“तू बता।"

“रात को बंद कमरे में...” बताते हुए डाक्टर मंदा शर्म से भींग गई।

“पति-पत्नी बंद कमरे में इतने नजदीक होते हैं, पर यह लड़की यूं सरेआम ....। बाथरूम और बेडरूम में तो हर इंसान नंगा होता है पर खुली जगह में ऐसा नंगापन ! ऐसे किसके ऊपर बट्टा लग रहा है ? कौन सजा भुगत रहा है ? लोग यहां देखते हैं और जाकर धान-महुआ के खेत में किसी भी उम्र वाली को अपना शिकार बना अपनी हवस मिटाते हैं। अपनी रोटी छिपाकर खाई जाती है न कि दिखाकर, पर ...”

डाक्टर मंदा अपनी अनपढ़ और गवाँरु सास के मुहं से सच्चाई सुन बस उसका मुंह ताके जा रही थी।

58

सपूती

काजल का किसी बात पर अपनी पड़ोसन से झगड़ा हो गया। पड़ोसन ज्यादा ही झगड़ालू थी उसने कह दिया कि तेरा पति तुझे मारता-पीटता है क्योंकि तू बांझ है। शादी किए सात साल हो गए लेकिन मां नहीं बनी। ऐसी बांझ का सुबह मुंह देख लेने पर पूरा दिन खराब हो जाता है।

काजल बहुत रोई। पति और दूसरी औरतों ने उसे समझाया, चुप कराया।

वह शाम को राशन लेने दुकान पर गई। दुकान मालकिन झगड़े की बात पूछने लगी। तभी मालकिन का लड़का आया और बाहर मारुति वैन में दुकान का सामान यों ही रखा देख भड़क गया और अपनी मां को खूब गालियां देने लगा कि उसने नौकर से सामान दुकान में क्यों नहीं रखवाया ?

बूढ़ी मां को काटो तो खून नहीं। समान जैसे-तैसे दुकान में फेंक बेटा माँ को दुबारा गाली देते हुए चला गया।

माँ के झर-झर आंसू गिर पड़े। वह काजल से बोली, "बेटा हो तो भी दुख, ना हो तो भी दुख। कोई तुझे निपूती बांझ ही कहता है और मैं सपूती होकर कौन सा सुख भोग रही हूं..?"

59

उनका प्यार

शादी बाद मेरी तबियत हमेशा खराब रहती थी। आदेश को मुझसे कोई शिकायत नहीं रहती मगर फिर भी मेरे दिल में एक शक बना रहता कि ये मुझे प्यार नहीं करते। मेरी केयर नहीं करते। बस शक का कीड़ा मेरे दिल दिमाग में अपना जाला बुनता जा रहा था और मैं चाहकर भी इनको सही नजर से नहीं देख पा रही थी।

मेरे दांत में बहुत दर्द हो रहा था। मैंने इनसे बोला तो इन्होंने अकेले मुझे डाक्टर के पास जाने के लिए बोल दिया। हालांकि मैं अकेले ही डाक्टर यहां चली जाती थी।

दांत में सड़न होने की वजह से डाक्टर ने दांत निकालने की सलाह दी। मैंने आफिस में फोन कर इनको हास्पिटल आने के लिए कहा। शायद काम ज्यादा था तो उन्होंने मना कर दिया।

तब तो मुझे पक्का विश्वास हो गया कि ये मुझ बीमार को जरा भी प्यार नहीं करते। ये अपनी मजबूरी बताने ही वाले थे कि मैंने गुस्से में फोन काट दिया। उन्होंने दो-चार बार फोन किया मगर मैंने नहीं उठाया और अंत में मोबाइल स्विच ऑफ़ कर दिया।

दर्द न हो इसके लिए इंजेक्शन डाक्टर ने दे दिया था, फिर भी इनके रूखे व्यवहार के कारण मेरी आंखों से आंसू बहते जा रहे थे। डाक्टर ने बार-बार मेरी तकलीफ पूछी कि कहीं दांत निकालते हुए दर्द तो नहीं हो रहा है मगर दर्द तो मेरे दिल में हो रहा था । डाक्टर को क्या बताती ?

मुंह में रूई दबाए, खून थूकते और दवा लेते समय भी इनके न आने की बातें याद कर आंसू रूकने का नाम नहीं ले रहे थे।

इधर ये पागलों की तरह पूरे हास्पिटल में मुझे ढूंढ रहे थे। इनको देखकर भी मैं मारे गुस्से के इन्हें नजर अंदाज कर गेट से बाहर निकल रही थी कि इन्होंने मुझे देख लिया। दौड़कर मेरे पास आए पूछा, "नीरू, तुम ठीक तो हो ? तुमने मोबाइल बंद क्यों रखा है ? मैं डेढ़ दो घंटे से तुम्हें यहां ढूढ़ रहा हूं।" गुस्से के कारण मैंने जवाब नहीं दिया। हम घर आ गए।

सुबह से मैंने कुछ नहीं खाया था। दो-तीन घंटे बाद इन्होंने मुझे गीला चावल बनाकर दिया। और खुद भी खाएं। मेरे चक्कर में यह भी भूखे थे। ये हाथ धोने किचन में चले गए। मुझे कमजोरी लग रही थी, फिर भी हाथ धोने मैं धीरे-धीरे किचन में जाने लगी। अचानक मेरी आंखों के आगे अंधेरा छा गया। हाथ की थाली नीचे गिर गई और मैं भी चक्कर खाकर गिरने ही वाली थी कि दौड़कर इन्होंने मुझे पकड़ा और मेरे कानों में कहीं दूर से आवाज आती लगी, "नीरू ... नीरू... क्या हो गया तू...?"

बाद में मुझे कुछ याद नहीं रहा और मैं बेहोश हो गई।

कुछ देर बाद जब मुझे होश आया तो खुद को बिस्तर पर पाया। मेरे भीगे चेहरे को पोंछ कर मेरे सिर पर ठंडे तेल की मालिश करते हुए ये बोले, "नीरू, तुम्हें लगता है कि मैं तुम्हें प्यार नहीं करता हूं। आज तुम्हें कुछ हो जाता तो बताओ मैं किसके सहारे जिंदा रहता...।" कहते-कहते इनकी आंखें भर आईं।

अपने प्रति उनका बेपनाह प्यार देख मेरी भी आंखें भीग गईं। उनके गले से लग मेरे कंठ से सिर्फ एक बोल फूटे, "सॉरी ...।"

60

बिजनेस

दुकानदार अपनी दुकान में भगवान के सामने अच्छी वर्षा करने के लिए खूब गिड़गिड़ा रहा था, “हे प्रभु, आधा सावन बीत गया और तूने अभी तक अच्छी बरसात नहीं की । सूखा पड़ रहा है भगवान सूखा। । पानी के अभाव में ताल-तलैया, नदी-झरने सूख चुके हैं। जमीन में दरारें पड़ रही हैं, जानवर प्यासे मर रहे हैं। अकाल पड़ जाएगा । ऐसा गजब तू मतकर । खूब अच्छी वर्षा करा दे मेरे बम बम शंकर... ।”

कब से आया उसका दोस्त उससे बात करने के इंतजार में बैठा था । पूजा प्रार्थना खत्म कर दुकानदार ने उससे पूछा, “तुम कब आए ?”

“15 - 20 मिनट पहले । तुम पूजा कर रहे थे, इसलिए मैंने कुछ बोला नहीं । मैं तो तुम्हें अपना अच्छा दोस्त मानता था पर तुम इंसान भी बहुत अच्छे हो। सूखा पड़ जाने के कारण तुम भगवान से बारिश कराने के लिए कितने रो - रो कर प्रार्थना कर रहे थे ।” दोस्त ने उसका हाथ पकड़कर कहा।

“मैं और अच्छा इंसान !” दुकानदार हंस पड़ा, “अरे, यार, अकाल पड़े या सकाल मुझे क्या ? मैं तो अच्छी बारिश होने के लिए इसलिए प्रार्थना कर रहा था कि मेरी सारी छतरियां और रेन कोट बिक जाएं। उसमें बीस हजार रूपये की पूंजी लगा कर बैठा हूं और बारिश का कहीं नामो निशान नहीं है...।”

मित्र अवाक हो अपने बिजनेस मै दोस्त को देखते रह गया ।

61

इंसान की जाति

घर में छठी होने वाली थी। सविता को पुत्र रत्न की प्राप्ति हुई थी। गांव से सास आ गई थी। 80 -100 लोगों को खिलाने का प्रबंध था। कालोनी की सारी औरतें सविता के घर सुबह से ही काम में जुटी थीं। सारी औरतें दूसरे राज्यों की रहने वाली थीं। कढ़ी, भात, सब्जी, पापड़, सलाद, पूड़ी, खीर और रसगुल्ले बन रहे थे।

सविता के पति का दोस्त कौशल अपनी पत्नी रोमा के साथ आया । वह हाई-फाई नौकरी पेशा वाली थी। सारी औरतों को हंसी मजाक के साथ खाना बनाते देख उसे बड़ी कोफ़्त हुई कि कैसी - कैसी औरतें खाना बना रही हैं। और वहीं खाना उसे खाना पड़ेगा।

तभी एक औरत ने पुकारा, "इशरत भाभी, असलम भाई आपको बुला रहे हैं।"

उस समय इशरत बड़ी - सी कड़ाही में बड़ियाँ छान रही थी।

"यहां एक मुस्लिम औरत खाना बना रही है, छी...। सारी गंवारू महिलाओं को ही खाना बनाने में बैठा दिया गया है। पता नहीं ये सब किस जाति धर्म की हैं। फ़ंक्शन करना था तो हलवाई या महाराज को बुला लेते।" रोमा नाक भौंह सिकोड़ने लगी।

इशरत के साथ सारी औरतें अपना अपमान सुन कर हक्की बक्की रह गईं। इशरत तो एकदम चूल्हे के पास से ही हट गई। वह बड़ियां नहीं छानना चाहती थी, लेकिन सारी औरतों ने यह कहकर उसे चूल्हे के पास बैठा दिया था कि इशरत भाभी अच्छी बड़ियां बनाती हैं।

सास ने झट से इशरत को दुबारा चूल्हे के पास बैठा दिया, "बेटी, तू चुप चाप बड़ियां छान । यहां से हिलना भी मत।" फिर वह रोमा से बोली, "बेटी, हलवाई या महाराज को बुलाने की हमारी औकात है, मगर हमने सारी औरतों को इकट्ठा कर

मिलने जुलने का एक बहाना ढूंढा है। इसमें कोई छोटी जाति की होगी, कोई बड़ी जाति की पर हैं सब इंसान प्रेम और भाईचारे की जाति ! यहां किसी भी औरत के ललाट पर उसकी जाति या धर्म नहीं लिखा है। इशरत, पकौड़ियां ला और इन मैडम को खिला...।" रोमा के चेहरे पर हवाइयां उड़ने लगीं।

62

पश्चाताप

वैभवी के छोटे-भाई बहन पटना में पढ़ते थे । वह हर एक - दो महीने में उनसे मिलने बिहिया से ट्रेन पकड़कर पटना जाती थी । कोईलवर स्टेशन जैसे ही आता वह हाथ में एक - दो या पांच का सिक्का लेकर मन में खूब श्रद्धा - भक्ति रख बेसब्री से सोन नदी के आने का इंतजार करती। कोईलवर स्टेशन से कुछ दूरी पर सोन नदी बहती है ।

वैभवी चलती ट्रेन की खिड़की से एक रुपये का सिक्का नदी में फेंकती । सिक्का कभी सीधे नदी में जाता तो कभी हवा के झोंके से ऊपर पुल पर ही इधर - उधर टन की आवाज करते गिर जाता । आज वैभवी जैसे ही बिहिया से ट्रेन पर चढ़ी तो तीसरी बोगी में फटी-चीटी मैली साड़ी पहने एक भिखारन भी चढ़ी । वह सब यात्रियों के आगे हाथ पसार - पसार कर भीख मांगने लगी । कोई यात्री उसे दुत्कार देता तो कोई अपने कान बहरे कर खिड़की से बाहर भागती हरियाली देखने लगता । आखिर रोज - रोज इन भिखारियों को पैसे कौन देता ? रोज का तो इनका यहीं काम है, सुबह - सुबह मुंह पर खड़े होकर हाथ पसार देना ! मोबाइल पर हाय - हलो करते किसी यात्री ने उस भिखारन को एक रुपया भी नहीं दिया ।

कोईलवर आते - आते वह भिखारन सबसे भीख मांगते - मांगते वैभवी के पास पहुंची । उसने अपनी पैबंद लगी साड़ी को पेट पर से हटाया । अंदर की ओर धंसे काले पेट पर हाथ रख बोली, “मेडम, जी कुछु पइसा दे दीजिए । कल से हम भूखे हैं । किसी ने हमको भीख नहीं दी ।

“मेरे पास नहीं है । जाओ भागो यहा से । मैं ही मिली हूँ तुम्हारा दुःख सुनने के लिए ।” वैभवी खिड़की के पास बैठ अपनी अंगुली में पांच का सिक्का गोल - गोल घुमाते हुए बोली ।

भिखारन ने उस सिक्के को देख लिया । आशा भरे मन से बोली, "मेडम जी, आपके हाथ में ओ ... ओ सिक्का है न । उसे दे दो ...!"

"मैं यह सिक्का नदी में डालने के लिए रखी हूँ तुझे क्यों दूँ ?" वैभवी गुस्सा हो गई।

तभी ट्रेन पुल पर चढ़ गई । हड़हड़ाते हुए उसकी आवाज भारी हो गई । वैभवी ने हाथ बाहर कर सोन नदी की बहती धारा में सिक्के को जोर से फेंकते हुए मन ही मन गंगा माता को प्रणाम किया ।

सिक्का सीधे नदी में गया यह देख वैभवी खुश हो गई ।

"मेडम जी, ई सोन नदी में सिक्का डालने से का फायदा ? आखिर ऊ पानी में ही गया । यदि वह सिक्का आप मुझे दे देतीं तो कम से कम उससे चने खरीद कर अपने पेट की आग तो बुझाती ...!" कहते - कहते भिखारन की आँखें भर आईं और वह आगे बढ़ गई । वैभवी का चेहरा एकदम स्याह हो गया ।

63

दानवीर

एक्सप्रेस ट्रेन जैसे ही प्लेटफार्म पर रूकी फटे पुराने कुर्ता पैंट पहने एक बारह - तेरह साल का लड़का हाथ में छोटी सी झाड़ू लिए बोगी में घुसा। बिना कुछ कहे वह चुपचाप बैठकर झाड़ू से बुहारने लगा।

कुछ मनचले लड़कों ने उसे छेड़ा, "झाड़ू ठीक से मारना। अटैची के नीचे और अगल - बगल भी सफाई कर देना।"

"कचरा ही साफ करना अटैची साफ मत करना।" ताश खेलते हुए दूसरे साथी ने कहा तो सब ठहाका मार कर हंस पड़े।

लड़के ने झाड़ू लगाकर बिना बोले सभी के आगे अपनी सूखी हथेली फैला दी।

ज्यादातर लोगों ने उसे दुत्कार दिया। उसकी हथेली पर बस दो तीन सिक्के ही गिरे।

तभी एक हट्टा – कट्टा त्रिपुंड धारी साधु बोगी में घुसा और अलख निरंजन का जयघोष कर सबके सामने अपनी पीतल की छोटी बाल्टी कर दी।

देखते ही देखते 5 - 10 रूपये के नोट और सिक्के से बाल्टी भर गई।

64

प्रकृति की देन

झुनी ने जैसे ही पूजा करनी शुरू की पानी गिरने की आवाज आई । उसने सोचा कि कोई किरायेदार मोटर बंद कर देगा। 2 - 3 मिनट बाद भी मोटर बंद नहीं हुई क्योंकि बंद दरवाजे के अंदर तक टंकी भर जाने के कारण खूब जोर - जोर से पानी गिरने की आवाज आती रही।

झुनी ने भगवान से माफी मांगी और पूजा छोड़ जल्दी से मोटर बंद करने के लिए भागी।

दोनों तरफ के फ्लैटों के बीच में पानी की बाढ़ आ गई थी। उसने भीगते हुए जाकर मोटर बंद की। जब वह अपने कमरे में जाने लगी तो दोनों फ्लैटों की दो-चार औरतों को मुस्कुराते हुए देख उसके तनबदन में आग लग गई, “तुम सब देख रही हो कि कब से पानी गिर रहा है तो मोटर बंद कर देनी चाहिए थी न। मैं पूजा छोड़ कर मोटर बंद करने आई।”

“हमें क्या पड़ी है ? इस फ़्लैट का सेठ भाड़ा नहीं लेता क्या ? वह मोटर चालू करके गया था तो उसे बंद करनी चाहिए थी। वैसे भी वह सुबह - शाम ही पानी देता है। दोपहर में पानी अगर खत्म हो जाए तो शाम तक इंतजार करना पड़ता है। कम से कम इसी बहाने उसका पानी तो बरबाद हुआ।” रूबी की मम्मी ने चिल्लाकर कहा।

झुनी बोली, “दो टाइम पानी मिलने का यहीं मतलब है कि पानी को यूँ ही नाली में जाने दिया जाए ? शर्म करो ! यह पानी मेरा, तुम्हारा या सेठ का नहीं है बल्कि ईश्वर और प्रकृति की देन है। व्यर्थ पानी गिराने से हम अपने ही पैर पर कुल्हाड़ी मारते हैं । कम से कम अपने आने वाली पीढ़ियों के लिए तो पानी सेव करो !”

65

अपना खून

मुखिया पद के लिए चुनाव हो रहा था .कड़ी धूप में एक तरफ स्त्री और दूसरी तरफ पुरुषों की लाइन लगी थी । किसी अप्रिय घटना से निबटने के लिए पुलिस डंडे और बंदूकें लिए चारों तरफ खड़ी थी । सभी मतदाता शांति से अपने अपने प्रत्याशियों को अपना - अपना कीमती वोट देकर किसी की जीत तो किसी की हार सुनिश्चित कर रहे थे ।

मैं भी पुरुषों की लाइन में खड़ा अपनी बारी आने का इंतजार कर रहा था, अचानक अपने से दो पुरुषों के आगे मैंने पड़ोस के अशोक भैया को देखा । वह हाथ में पहचान पत्र लिए पसीना पोंछ रहे थे उन्हें देख मुझे यह जानने की इच्छा हुई की वह किस प्रत्याशी को अपना वोट देंगे क्योंकि मुखिया पद के लिए उनके बड़े भाई साहब भी चुनाव मैंदान में खड़े थे । मुझे पक्का यकीन था कि अशोक भैया अपने भाई साहब को वोट नहीं देंगे ।

कुछ माह पहले बंटवारे को लेकर दोनों भाइयों में वह घमासान हुआ था कि भाई साहब ने अशोक भैया का सर फोड़ दिया था। थाने पुलिस की नौबत आ गई थी फिर बिरादरी वालों के समझाने-बुझाने के बाद दोनों भाइयों में समझौता हुआ और घर को तोड़ - फोड़ कर बीच में दीवार बानाई गई अब दोनों भाई एक दूसरे की सूरत भी नहीं देखते ।

अशोक भैया ने अपने बेटे का जन्म दिन मनाया तो अपने दूर - दूर के रिश्तेदारों को बुलाया था मगर दीवार के उस पार अपने भाई साहब को पूछा तक नहीं ।

“अशोक भैया, आप किस छाप में वोट दे रहे हैं ? मैंने लाइन में से थोड़ा खिसक उन की बांह को हिलाते हुए धीरे से पूछा ।

“गिलास !” उन्होंने धीरे से ही जवाब दिया ।

मुझे जोर का करंट लगा गिलास उनके भाईसाहब का चुनाव चिन्ह था।

मैंने उनसे उनके भाई साहब की गलतियाँ और भाभी को घर से निकाल देने का किस्सा दुहरा दिया।

"छोड़ो ना नील, दो भाइयों के बीच जमीन जायदाद को लेकर झगड़ा तो घर - घर में होता है। मेरे भैया मुखिया बन जाएँगे तो पूरे गाँव में मेरी इज्जत होगी। मेरा भी मान आदर बढ़ेगा। सब से शान से कहूंगा कि मेरे भैया मुखिया हैं और सबसे बड़ी बात कि वह अपना खून है।

"लेकिन भैया, आपके चाचा भी तो इस चुनाव अखाड़े में हैं।" मैंने खून पर एक सवाल दगा।

"अरे, नील, मेरे भाईसाहब मेरे सगे हैं न कि चाचा ! अपने खून को छोड़ कर अपने चाचा को क्यों वोट दूँ मैं ? आज पहली बार तुम्हारी भाभी भी वोट देनी आई हैं," भैया ने महिलाओं की लाइन की तरफ इशारा किया।

भाभी ने पानी पीने के अंदाज में मुझे इशारा किया।

"नील, तुम किसे वोट दे रहे हो ?" अशोक भैया ने मुझसे पूछा।

"मैं... मैं...।" मैं हकला गया क्योंकि मैंने उनके चाचा को अपना मत देने का फैसला किया था।

"अरे मैं मैं क्या कर रहे हो मेरे भैया को ही ही वोट देना उन्हें ही मुखिया बनाना है।" कहकर वह मतदान कक्ष में चले गए।

और मैं असमंजस में पड़ गया कि अब मैं वोट किसे दूँ अशोक भैया के भाईसाहब को या उनके चाचा को ? लेकिन दोनों मेरे अपने खून नहीं थे !

66

विश्वास

कीर्तन रेस्टुरेंट में विशाल वेफर चिप्स बिस्कुट इत्यादि खरीद रहा था। वहीं पर उसका दोस्त मोहन अपनी बेटी के लिए आइसक्रीम लेने आया। दोनों ने एक दूसरे को हलो बोला।

"अरे यार, इतने बिस्कुट नमकीन किसलिए ?" भरा थैला देख मोहन ने पूछा।

"कल राधा गांव जा रही है। उसके और दिनेश को ट्रेन में खाने के लिए सूखा नाश्ता है।

"तू भाभी को किसी दूसरे पुरुष के साथ गाँव भेज रहा है !" सुनकर मोहन को झटका लगा।

"दिनेश कोई दूसरा नहीं है बल्कि मेरा अच्छा दोस्त है जैसे तुम हो। यहाँ मुंबई से बनारस जाना फिर तुरंत लौट कर आना यह मुझसे नहीं होगा। मेरी नौकरी छूटेगी पगार कटेगी सो अलग और सबसे बड़ी बात कि मुझे अपनी पत्नी और दोस्त पर विश्वास है। दोनों 15 – 20 दिन में गाँव से लौट आएँगे।

.... सुन रहे हैं मेरे गाँव के वह माधव भैया हैं न वह भाभी और बच्चों के साथ अपने घर जा रहे हैं उनकी बहन की शादी है। शादी बाद वे सब जल्द ही आ जाएंगे।

मैं भी उन लोगों के साथ चली जाऊं। मुझे मायके गए हुए चार साल हो गए सभी से मिल लूंगी। आपकी तो कभी छुट्टी ही नहीं मिलती।" मोहन की पत्नी ने सुबह ही यह बात उससे कहीं थी।

वह आपे से बाहर हो गया गंदी गालियाँ देते हुए पत्नी को एक थप्पड़ रसीद कर गरजा, "तुझे गैर मर्दों के साथ सफर करने में बड़ा मजा आता है।"

सुबह का वाकया याद कर मोहन बोला, यार विशाल, तू ठीक कहता है विश्वास सबसे बड़ा होता हैं । मैं भी अपनी पत्नी को उसके मुंह बोले भाई के साथ गांव भेज देता हूँ । ठहर मैं भी कुछ नमकीन खरीद लूँ ।"

67

मैं

मुंबई के कार्डियोलाजी के सीनियर डॉक्टर कुमार आनंद सरकारी अस्पताल के विशेष अनुरोध पर मध्य प्रदेश के रीवा शहर में आये थे।

शहर के आस - पास गांव में जितने सारे हृदय रोगी थे अपनी जांच करवाने आपरेशन की सलाह लेने लाइन लगाए खड़े थे।

डॉक्टर कुमार सभी की रिपोर्ट देख किसी की दवा बदल रहे थे तो किसी की बाईपास सर्जरी या वाल्ब चेंज आदि करने की राय दे रहे थे।

एक लंबा चौड़ा आदमी अपने तीन - चार साथियों के साथ आया। दरवाजे पर खड़े कम्पाउडर से डॉक्टर के बारे में पूछा और अपने साथ आए एक दुबले - पतले लड़के को अंदर भेजने लगा।

"अरे, ऐसे कैसे आप इनको अंदर भेज रहे हैं, पहले जाकर पर्ची कटवाइए नंबर लीजिए और लाइन में पीछे से लगिए।" कम्पाउडर ने रोका।

"देख, कम्पाउडर, तू मुझे जानता नहीं है मैं विधायक रामप्रताप का दाहिना हाथ मंगत हूँ।"

"दाहिना हो या बायाँ सबको लाइन से ही जाना है अपने नंबर पर।" लाइन में खड़े एक मरीज ने कहा।

मंगत ने उसे खा जाने वाली नजरों से देखा, "ए रोगिया महाराज, मैं मंगत हूँ मंगत मुझसे पूरा शहर डरता है।" वह सीना ठोंक – ठोंक कर तेज आवाज में बोलने लगा।

"लंगा से तो गंगा डरती हैं इस बदमाश के मुंह मत लगो जाने दो इसे!" दूसरे मरीज ने धीरे से कहा।

कम्पाउडर भी डर गया कि कहीं वह उसे पीट न दे । लड़ाई देख शायद कुमार साहब इस हॉस्पिटल में दुबारा न आएं । वह दरवाजे से हट गया । मंगत अपने एक साथी और उस लड़के के साथ विजय मुस्कान लिए अंदर चला गया ।

दरवाजा बंद ...

5 मिनट बाद ही दूसरा डाक्टर दरवाजा खोल कर कम्पाउडर से बोला, "जल्दी व्हील चेयर लाओ एक आदमी को चक्कर आ रहा है । उसे इमरजेंसी में ले जाना है ।"

कम्पाउडर दौड़ा ।

लाइन में खड़े लोगो की उत्सुकता जागी कि जाते - जाते किसे चक्कर आ गया । कहीं वह दुबला लड़का ...!

बाहर निकल रहे व्हील चेयर पर बैठे उस आदमी को देख सभी को सांप सूंघ गया । कुछ देर पहले जो मैं मंगत हूँ मंगत हूँ कह रहा था वह पसीने से तरबतर था ...

68

कमी नहीं कामयाबी

नाम - खुशी, उम्र – तीस, शिक्षा - एम. ए., दिल में – अपार दुख, आंखों में अनगिनत मोती। व्रत उपवास – सभी पर्व – त्यौहार । रवि – मंगल छोड़कर तुलसी की हर पत्ती को पीला सिंदूर लगाना, ताकि वहीं सिंदूर उसकी मांग में भी सज सके । दहेज की रकम – छह लाख रूपये नकद, प्लस सारे सामान, दूसरी बहनों से अधिक । परिणाम – रिजेक्ट, रिजेक्ट, रिजेक्ट ! क्यों ? गहरा - सांवला रंग, काली माई - भवानी माई जैसे संबोधन ! हर नजर से एक नए रंग की परिभाषा। आधुनिक जमाने में पुरानी सोच - लड़की का रंग गाढ़ा तो बच्चे सांवले होंगे ! सुंदर - सुंदर दो छोटी बहनें लाइन में खड़ी कि दीदी रास्ता क्लियर करें तो हम भी आगे बढ़े !

और आज खुशी दीदी ने रास्ता साफ़ कर ही दिया, " पापा, अठारह से तीस साल तक की उम्र तक आप सब मेरे बारे में 'रिजेक्ट' का फैसला ही सुनते आ रहे हैं, अब और नहीं । मेरी शादी के दहेज में जो पैसे आप लड़के वालों को देने वाले हैं, वो मुझे दे दीजिए । मैं फैशन डिजाइनिंग का कोर्स करूंगी। पांच साल से बोल रही हूं, लेकिन आप लोग सुन नहीं रहे हैं। रूमा और अंजली की शादी कर दीजिए। कितने ही लड़के वालों ने उन्हें पसंद किया है। कम से कम उनका घर तो बस जाए।" "लेकिन बेटा ....।"

"लेकिन, किंतु, परंतु और काश ... ये सब रहने दीजिए । मेरी मानसिक पीड़ा आप समझते क्यों नहीं ...।" उसकी आंखें भींग गईं।

"तुम एडमिशन ले लो । रूपये मिल जाएंगे।"

खुशी अपने कमरे में गई और उसकी माँ दाना – पानी लेकर पिता के सिर पर सवार हो गई, "जवान लड़की को आप शहर में अकेले पढ़ने के लिए भेजोगे ? कोई ऊंच - नीच हो गई, तब ?"

"दबा हुआ रंग है, इसके कारण उसकी शादी नहीं हो रही है । इस गम में ये घर में फांसी लगा लेगी या जहर खा लेगी, तब क्या करोगी? उसे अब अपने मन की करने दो। उसे छूट देना जरूरी है। मुझे इतना विश्वास है कि वह किसी ऐसे–वैसे चक्कर में नहीं पड़ेगी।"

दोनों बहनों की शादी हो गई और खुशी फैशन डिजाइनिंग का कोर्स करने दिल्ली पहुंच गई । कोर्स इंस्ट्रक्टर मैडम को देखकर उसके दिमाग में जैसे सितारे फूटने लगे ।

'अरे, इनके तो दोनों हाथ कोहनी तक ही है, फिर ये सीनियर मैडम कैसे बन गईं ?' ख़ुशी ये सोच ही रही थी कि मैडम ने अपने पैरों से सुई में धागा डाल दिया और पैरों से ही खूबसूरत डिजाइन बनाकर पेश कर दी... ।

सबके मुंह से एक साथ निकला – 'वाह ! अति सुंदर !'

खुशी उनसे काफी घुल - मिल गई। पता चला कि जल्द ही इंस्ट्रक्टर मैडम की शादी होने वाली है। एक हुनरमंद से उनका रिश्ता जुड़ा है । एक दिन मैडम कहने लगीं, "खुशी, जब चांद में दाग है तो हमारी बात क्या। कोई न कोई कमी हो ही सकती है, लेकिन एक बात याद रखना गोरा होना कोई गुण नहीं है ना ही सांवला होना कोई कमी है । पूर्णिमा, करवा चौथ और शरद पूर्णिमा का चांद देखने के लिए लोगकितना इंतजार करते हैं और जब वहीं चांद अपनी पूरी गोलाई, शीतलता और उज्ज्वलता के साथ जब काले आसमान में उभरता है तो कितनी खुशी और उल्लास मनाया जाता है। इसी तरह हम खुद अपने आप को महत्व दें । जो कुछ हमारे पास नहीं है, उसके लालच में न तड़पे, बल्कि जो गुण हैं उनसे प्यार करें । ऐसा कर सके तो बाकी लोग भी हमारी इज्जत करेंगे । दुनिया में हुनर और स्वभाव के लिए असली सम्मान और प्यार मिलता है । हमें ये सोचना चाहिए कि खुद में किस तरह ऐसी प्रतिभा विकसित करें, जिसकी वजह से लोग हमें इज्जत दें । अपने आपको मनपसंद काम में एकदम झोंक दें, तो यकीनन आत्मविश्वास से भरे मन में कामयाबी की मुस्कान झलकेगी । मैडम से गुरूमंत्र लेकर खुशी पूरे मन से कोर्स करने में जुट गई। कोर्स पूरा होने की देर थी उसकी खूबसूरत डिजाइंस देखकर एक बड़ी कपड़ा निर्माता कंपनी ने उसे लाखों के पैकेज का जॉब ऑफर कर दिया। देखते ही देखते ख़ुशी की डिजाइंस की अंतरराष्ट्रीय स्तर पर धूम मच गई ।

और एक दिन उसी कंपनी के मालिक के बेटे ने ख़ुशी को प्रपोज कर दिया । विदेश में पला - बढ़ा स्मार्ट हीरेन उसके जैसी सामान्य लड़की को कैसे पसंद कर सकता है, ये खुशी के समझ से परे था।

उसने कहा, "हीरेन, आप मुझसे मजाक न करें मैं ऐसी बातें पसंद नहीं करती ।"

हीरेन ने जवाब दिया, "ख़ुशी, मैं आपको पसंद करता हूँ और इसके ठोस कारण भी हैं – आपकी सादगी और कला आप न जाने क्यों झिझक रही हैं, लेकिन याद रखिए आपके अंदर जो सीरत है, वो किसी सूरत में कम खूबसूरत नहीं है।"

ख़ुशी ने सिर झुका कर धीरे से कहा, "थैंक्यू हीरेन !"

तभी कंपनी के मालिक और उसके भावी ससुर सेठ दीपक दयाल की पीछे से आवाज सुनाई दी, "ख़ुशी बेटी, तुम जानती हो कि मेरे बेटे से शादी करने के लिए अनगिनत लड़कियों के रिश्ते आ रहे हैं, लेकिन हम सबने एक राय से तुम्हें चुना है । हम तुम्हारे गुणों के कारण ही तुम्हें अपनी बहू बनाना चाहते हैं । जब तुम दो साल पहले कंपनी में आई थीं तबसे अब तक पूरी ईमानदारी और प्रेम से काम कर रही हो । न कभी दिन देखा न रात की फ़िक्र की, सिर्फ काम को लेकर ही समर्पित रहीं । मुझे पूरा यकीन है कि हमारी बहू बनने के बाद तुम अपनी इस कंपनी को और ऊँचाई तक पहुंचा दोगी । कोई लड़की अपने रूप-लावण्य के कारण पसंद की जाती है भले उसे गोल रोटी भी बनानी नहीं आती, लेकिन उस समय लड़के वाले कहते हैं धीरे - धीरे सीख जाएगी। लोग अपना घर संभालने के लिए बहू लाते हैं और हम अरबों-खरबों का साम्राज्य सँभालने वाली लक्ष्मी को दावत दे रहे हैं । हमारी बहू बन जाओगी तो इस कंपनी को और ऊंचाई पर पहुंचा दोगी ।"

ख़ुशी की आँखें ख़ुशी से छलक पड़ीं और मैडम की बात याद आई - 'वह खुद में ऐसी कोई प्रतिभा जगाए ताकि लोग उसे पसंद करें तुम्हारी पहचान बने ।

'थैंक्स मैम !' उसने मन में कहा ।

कुछ दिन बाद बिहार के छोटे से नगर बिहिया मेंजब ख़ुशी शादी के बाद पहली बार पहुंची तो सबके होंठों पर ख़ुशी और उसके अरबपति पति हीरेन के चर्चे थे ।

उधर ख़ुशी मन ही मन हंस रही थी शादी को ही लड़कियों की सबसे बड़ी मंजिल समझने वाले समाज की परम्परागत सोच पर !

69

सुपात्र-कुपात्र

ट्रेन यात्री – आपने उस किन्नर को रूपये ना देकर साधु को दिया ?"

दूसरा यात्री – किन्नर शराब पीते हैं, साधु पैसे मंदिर में देते हैं ।

स्टेशन आने पर किन्नर और साधु ने उतरकर अपनी – अपनी राह पकड़ ली ।

किन्नर भागते हुए अस्पताल पहुंचा बहन –बहन आज मेरी दिन भर की यहीं कमाई है अपने बेटे के इलाज में कोई कमी मत करना मैं और रुपयों का इंतजाम करूंगा ।

साधु ने एक बाथरूम में घुसकर, फटाफट अपने रामनामी कुरते को निकाला, टी – शर्ट पहनी और शराब के ठेके पर पहुंच गया ।

70

जैसे को तैसा

प्रिया अपने पति और बेटे को लेकर वृद्धाश्रम आई थी अपनी सास से पूछने कि वह जीवितपुत्रिका व्रत करेगी या नहीं !

उसकी सास यह व्रत नहीं करना चाहती थी, क्योंकि कुछ महीने से वह बेटे बहू की कृपा से वृद्धाश्रम की शोभा बढ़ा रही थी।

बहू व्रत करने के लिए उस पर दबाव डालने लगी ताकि उसकी सास के व्रत के प्रभाव से उसका पति सुरक्षित रहे ।

कौशल दादी के पक्ष में था । बाद में सास मान गई । बोली, "ठीक है बहू, मैं व्रत करूंगी पर अपने बेटे के लिए नहीं बल्कि अपने पोते के लिए और मैं भगवान से प्रार्थना करूंगी कि जैसे मैं यह व्रत वृद्धाश्रम में कर रही हूँ वैसे मेरी बहू कभी न करे । भगवान कौशल को अच्छी बुद्धि दे ताकि वह अपनी माँ को न छोड़े वृद्धाश्रम ..." सास बोलते बोलते फफक कर कमरे में चली गई ।

बेटे-बहू को पूरी दुनिया घूमती नजर आई ।

71

मुंहदिखाई

वलिमा से लौट कर अली और हिना अपने कमरे में आए। अली ने शेरवानी की जेब से सुनहरे मोतियों से गूंथा सुंदर दिल के आकर का सोने का पैंडल निकालकर हिना के गले में पहना दिया, "अल्लाह का लाख - लाख शुक्र है कि हमारा निकाह हो गया और आज वलिमा भी ठीक से निपट गया। नहीं तो इस वायरस के महाप्रकोप के बीच हमारा निकाह पोस्टपोंड हो जाता।"

"हाँ, मेरे इंजीनियर शौहर साहब, मैं भी बहुत डरी हुई थी। एक तो हमारे इस लव मैरिज को अरेंज मैरिज में चेंज करने के लिए हमने अपने घर - परिवार को कितना समझाया। जब सारे लोग समझ गए तो मुआ कोरोना प्राकृतिक आपदा बनकर हमारे निकाह पर ही कहर बरपाने पर तुल गया। कल जनता कर्फ्यू लागू होने पर मेरे घर में मातम छा गया था कि कैसे आपकी बारात मेरे दरवाजे पर आएगी और निकाह होगा? लेकिन सब ठीक से हो गया। यह पैंडल बहुत प्यारा है, थैंक्स!" हिना के लिपस्टिक लगे होंठ मुस्कुराएं।

अपनी शादी 22 मार्च के दिन जनता कर्फ्यू का एलान सुनकर अली और घरवाले बहुत घबरा गए थे। सौ – दो सौ लोगों की बारात कैसे जाएगी? बड़े भाईजान ने प्रशासन तक बात पहुंचाई। प्रशासन ने 40 – 50 लोगों को बाराती ले जाने की आज्ञा दी। सबने राहत की सांस ली। असली निकाह तो लड़का – लड़की के बीच होता है। ज्यादा लोगों के न जाने से क्या नुकसान? लॉकडाउन का पालन करना सबकी जिम्मेदारी है।

अली अपनी सोच में गुम था तभी उसे खांसी आ गई।

"आपकी तबीयत खराब है क्या?" हिना ने उसे रुमाल दिया।

दोनों के हाथ एक दूजे से मिले।

"कल रात निकाह के समय दोस्तों ने कोल्ड ड्रिंक पिला दी थी। गला भी दुःख रहा है। तुम्हारा भी हाथ गर्म लग रहा है। शायद बुखार है।"

"हाँ, कोरोना टेंशन और थकावट के कारण थोड़ी हरारत है। कल हम दोनों डॉक्टर को दिखा लेंगे। आपके और हमारे घर शादी में बहुत रिश्तेदार आए हैं, इसलिए हमें सतर्क रहना जरुरी है। आपने अपनी ख़ुशी से मुंह दिखाई दी मैं भी एक चीज मुंह दिखाई में मांग लूं?" हिना ने झिझकते हुए कहा।

"हाँ, मेरी साफ्टवेयर इंजीनियर साहिबा शरीकेहयात जी, मांगिए, " हिना के लाल लहंगे को छूते हुए अली हौले से बोला।

"आप बुरा न मानें तो हम दोनों 15 – 20 दिन सोशल डिस्टेंसिंग में रहे... आने वाले कल के लिए। इस समय की हालत को देखते हुए मेरे लिए असली मुंह दिखाई यहीं है। आप न बोलेंगे तो न सही ..."

"घर, परिवार, समाज और अपने इस इंडिया को बचाने के लिए हमें यह पहल करनी चाहिए। हमें तो एक होना ही है। कुछ दिन बाद सही। थैंक्स मेरी लाइफ़ पार्टनर!" अली अपना तकिया उठा दूसरे कमरे में चला गया।

72

रक्षक

जरूरी फ़ाइल घर पर छूट जाने की वजह से विजेंद्र ऑफिस से दोपहर को अचानक ही घर आ गया। उसने सोचा पत्नी के साथ ही लंच भी कर लेगा। अपने कमरे में कदम रखते ही उसने जो देखा उसकी कभी कल्पना भी नहीं की थी। उसकी नई पत्नी मुग्धा उसकी 5 – 6 वर्षीय बेटी पारुल के कान उमेठ रही थी और वह रो रही थी।

"मुग्धा, तुम्हारी हिम्मत कैसे हुई मेरी बेटी पर हाथ उठाने की।" एक क्षण में विजेंद्र ने मुग्धा के हाथों पारुल को छुडाया और उसे गोद में उठा लिया।

अचानक पापा को देख पारुल और जोर - जोर से रोने लगी।

बेटी को यूँ रोते हुए देख विजेंद्र को अपने गुस्से पर काबू न रहा। उसने एक चांटा मुग्धा को रसीद कर दिया, "आज के बाद मेरी बेटी पर तुमने कभी हाथ उठाया तो मुझसे बुरा कोई नहीं होगा। इसकी माँ कोरोना से चल बसी और तुमने सारी स्थितियों को जानकर ही मुझसे शादी की है कि मैं पारुल की देखभाल ठीक से करूंगी। घर में आए तुम्हें महीना भर भी नहीं हुआ और तुमने सौतेली माँ का रूप दिखा दिया।"

मुग्धा को जितना दर्द चांटा खाने से नहीं हुआ उतना 'सौतेली माँ' के शब्द से हुआ।

उसकी आँखें छलक पड़ीं, "धन्यवाद मुझे सौतेली माँ की उपाधि देने के लिए।"

विजेंद्र ने फ़ाइल ड्राइवर के हाथों भिजवा दी और खुद बेटी को चुप कराने लगा। रिश्तेदार के यहाँ फोन कर अपनी माँ को जल्द से जल्द घर आने के लिए बोला।

पारुल जब शांत हुई तो उसने ऑफिस में वीडियो कॉल से बात की। बेटी बार – बार मोबाइल छीन कर खुद गेम खेलना चाहती थी। विजेंद्र उसके कारण अपने

सीनियर से ठीक से बात नहीं कर पा रहा था ।

उसने धीरे से कहा, “बेटा, चाचू के पास जाकर उनके मोबाइल में गेम खेल लो।”

“चाचू के पास नहीं जाऊँगी । नई मम्मी ने मना किया है । मेरे गाल पर मम्मी ने मारा है ।” नन्हें - नन्हें हाथों से पारुल अपने गाल छूते हुए बोली ।

अपने सीनियर को बाद में फोन करने के लिए कहकर विजेंद्र बेटी से पूछने लगा कि मम्मी ने उसे और कहाँ – कहाँ मारा है ? उसे दूसरी शादी करने पर बड़ा दुःख हो रहा था । उसके ऑफिस की कलिग और उसकी दोस्त मुग्धा शादी के बाद क्यों ऐसे बदल गई ? उसने खुद आगे बढ़कर ही उसका हाथ थामा था । पहले वह पारुल को बहुत प्यार करती थी और आज शादी के बाद उसका व्यवहार सौतेली माँ का हो गया ।

“पापा, मम्मी ने चाचू को भी तमाचा मारा है । बहुत उनको डांटा भी । दादा जी की तरह ।”

“चाचू को मारा ... उसे डांटा...!” विजेंद्र को कुछ समझ नहीं आया कि उसके 18 – 20 वर्षीय छोटे भाई गौतम को मुग्धा ने क्यों मारा ? उसने बेटी से पूछा ।

“आप मुझे यहाँ चुम्मी देते हैं, ”पारुल ने नन्हें - नन्हें हाथों से अपने गाल को छुआ, फिर सीने पर हाथ रख बोली,“ चाचू ने यहाँ चुम्मी दी । चाकलेट दी ।”

विजेंद्र के सामने सारी स्थिति साफ़ हो गई । उस ने बेटी को हृदय से लगा लिया, “मेरी बच्ची, अभी तुम सुरक्षित हो अपनी नई माँ के कारण ही ।”

फिर उसे लेकर वह मुग्धा के पास गया और उसकी गोद में पारुल को दे दिया, “मुग्धा, मेरी बेटी की रक्षक अब तुम्हीं हो। मुझे माफ़ कर दो !”

पति के मुंह से ‘बेटी की रक्षक’ सुन कर दुबारा मुग्धा के आंसू छलक पड़े जो ख़ुशी के थे ।

विजेंद्र वहां से जाने लगा ।

“आप कहाँ जा रहे हैं ?” मुग्धा ने पूछा ।

“गौतम के पास ...” आँखों से अंगारे बरसाते हुए विजेंद्र ने कहा ।

73

किसके लिए व्रत

सुबह कमला अपना जिउतिया गुंथवाने बाजार जा रही थी । आज जीवित्पुत्रिका व्रत था । उसके तीन बेटे और एक बेटी थी ।

रास्ते में उसे मुहल्ले की चाची मिल गई, जो किसी से सूखी रोटी मांग कर एक जगह बैठ कर खा रही थी ।

यह देख कमला के पैरों तले की जमीन खिसक गई, "चाची, यह तुम क्या कर रही हो ? आज जिउतिया है न और तुम खा रही हो ? तुम्हारे चार - चार बेटे हैं ! तुम्हें व्रत करना चाहिए था न ! कितने भाग्य से तुम चार - चार बेटों की माँ बनी हो ! एक दिन उन चारों बेटों की लंबी उम्र के लिए तुम भूखी नहीं रह सकती थी ?"

चाची तुड़े - मुड़े प्लास्टिक की बोतल से पानी पीकर बोली, "मेरे चार - चार बेटे हैं, इसलिए तो आज मेरी भिखारन वाली दशा हो गई है ! सबसे मांग - मांग कर किसी तरह यह पेट पालती हूँ ! चारों बेटों ने मुझे घर से निकाल दिया । क्या इसी दिन के लिए मैंने उन्हें जन्म दिया था ? मैं उनकी लंबी उम्र की खातिर व्रत करूं और वह मुझे मारे – पीटे ! देखो, मेरे बहू - बेटों ने क्या किया है..." कहते हुए चाची ने रोते हुए अपना फटा हुआ ब्लाउज खोलकर नंगी पीठ सामने कर दी ।

उसकी पीठ पर बहुत सारे काले - नीले निशान देख कमला को भी अपना भविष्य नजर आने लगा ।

74

दो कारण

- अरे लालचंद जी, आप तिरंगा झंडा लेकर कहां जा रहे हैं ?
- सिंह साहब, आपको पता नहीं है, मैं नेता बन गया हूं ।
- अच्छा, आप नेता बन गए हैं ! यह तो बहुत खुशी की बात है, पर आप नेता किस कारण से बने हैं ? उन्होंने कहकर चुटकी ली।
- आपके कहने का मतलब क्या है ? वे आश्चर्यमिश्रित भाव से बोले ।
- देखिए लालचंद जी, नाराज मत होइए । लोग नेता दो कारण से बनते हैं । एक देश को लूटने के लिए दूसरा स्वयं देश पर लुट जाने के लिए ।

75

आशा की नई छड़ी

भगवती का रो - रो कर बुरा हाल हो गया था। जब से उसने सुना था कि उसके पापा कोरोना पॉजिटिव हो गए हैं, वह एकदम परेशान हो गई थी । रात - दिन रोती रहती, ईश्वर से प्रार्थना करती । लॉकडाउन हो गया था इसलिए वह मायके नहीं जा पा रही थी । फोन से ही अपनी मम्मी से बात कर पापा का हालचाल पूछती । उम्रदराज पापा हॉस्पिटल में एडमिट थे । उनका आक्सीजन लेबल 90 से कम हो गया था । उन्हें आक्सीजन चढाई जा रही थी । उनकी हालत में सुधार हो रहा था ।

मगर भगवती हमेशा कोरोना के आतंक के साये में जी रही थी । उसके मन में बुरी तरह डर समा गया था कि कहीं मुझे, मेरे पति या बेटे को भी कोरोना न हो जाए । उसके मन में कोरोना वायरस पूरी तरह घर कर गया था। कितनी बार हाथ साबुन से धोती, सेनिटाईजर यूज करती, मास्क लगाती और दिन भर काढा पीती फिर भी वायरस को उसने अपने मन की गहराइयों में इस कदर बसा लिया था कि दिन तो दिन रात में भी उठ कर बुरी तरह रोने लगती । पति समझाते बेटा समझता उसे फर्क नहीं पड़ता था ।

17 - 18 वर्षीय बेटे के व्हाट्सएप पर एक यूट्यूब की लिंक आई । उसने खोल कर देखा । उसे अच्छा लगा, सोचा माँ को भी देखा दूँ । एक लड़की ने एक छोटी – सी कविता सुनाई थी अपनी आवाज में जो इस तरह थी :-

मुश्किल है ये घड़ी
थाम लो आशा की एक नई छड़ी ...
यह दिन भी बीत जाएगा
रात सुहानी आएगी
मीठी नींद लाएगी

मुश्किल है ये घड़ी
थाम लो आशा की एक नई छड़ी ...
दिल में आत्म बल जगाना है
इस महामारी को दिल से नहीं लगाना है
मन में विश्वास जगाना है
मुश्किल है ये घड़ी
थाम लो आशा की एक नई छड़ी
आशा और विश्वास से जीवन को आगे बढ़ाना है
दूसरों की मदद के लिए
अपना हाथ आगे बढ़ाना है इंसानी फर्ज निभाना है
प्रेम और भाईचारे से यह जंग जीत जाना है
मुश्किल है ये घड़ी
थाम लो आशा की एक नई छड़ी !

"बेटे, यह कविता तो बड़ी अच्छी है । इसे सुनकर मेरा चित्त शांत हो गया । अब कोरोना के कारण मैं भी अपने मन से डर निकाल फेकूंगी । जैसे लोग सांप के काटने से जितना नहीं मरते हैं उतना उसके भय से मर जाते हैं । आज वैसे ही कोरोना के भय से भी ज्यादा लोग मर रहे हैं । जिस लड़की ने यह कविता गाई है उसे फोन कर मैं उसे धन्यवाद कहूंगी कि उसकी कविता सुनकर मेरे मन से भी कोरोना का डर भाग गया और मैं भी आशा और विश्वास के साथ जिंदगी जीऊँगी ।"

"माँ, यह कवयित्री मैडम अभी हास्पिटल में एडमिट हैं । अभी वह कोरोना पाजिटिव हैं । उन्होंने हास्पिटल के बेड पर यह कविता लिखी और रिकार्ड की है ।"

"क्या ...? गायत्री की आँखों से अश्रु निकल पड़े ।

76

जिउतिया हीरे की

लीलावती का चेहरा आज ख़ुशी से दमक रहा था। अपनी चारों बेटियों संगीता, अलका, मधु और झुनी को बहुत ऊँचे मुकाम पर देख उसकी आँखें ख़ुशी से छलछला जाती थीं। इन्ही चारों बेटियों के लिए उसने अपनी जेठानियों, देवरानियों और गाँव की सभी महिलाओं से न जाने कितनी बार ताने उल्हाने और जली कटी सुनी थी।

जब - जब जीवित्पुत्रिका व्रत आता सभी महिलाएं उसे ताने देतीं, 'लीलावती तेरे भाग्य में तो चांदी की ही जिउतिया पहनने को ही लिखा है, सोने की जिउतिया तो कभी पहन ही नहीं सकती। आखिर तेरा कोई बेटा है ही नहीं और होने का चांस भी नहीं है। कर्म फूटे हैं तेरे जो तूने चार - चार बेटियों को ही जन्म दिया।

लीलावती बस रोती रहती, जब शांत हुई तो उसने मन में यह ठान लिया कि भले मेरा कोई बेटा नही है लेकिन अब इन चारों बेटियों को ही खूब पढ़ा कर उन्हें अच्छे से अच्छे मुकाम पर पहुंचाकर उनसे वह कराऊँगी जो किसी के जितना आज तक इस गाँव में किसी के बेटे ने न किया होगा। उस समय मैं सोने की क्या हीरे की जिउतिया पहनूंगी।

पति ने भी बेटियों के उच्च शिक्षा दिलाने के लिए कुछ खेत बेच डाला और पत्नी के साथ मिलकर बाकी बचे खेत में जी तोड़ मेहनत की।

अत्यंत पिछड़े गाँव की संगीता लोकसभा की सांसद बन गई। अलका इंग्लिश की प्रोफेसर, मधु नई दिल्ली एम्स की डॉक्टर और झुनी जज बनी।

जो महिलाएं लीलावती को बेटा न होने से हमेशा अपमानित करती थी आज वही अपने नालायक और कुछ बेरोजगार बेटे को नौकरी लगवाने के लिए चारों बहनों के आगे पीछे डोल रही थीं।

आज लीलावती ने जीवित्पुत्रिका का व्रत बड़े हर्षोल्लास के साथ किया था।

शाम को पोखर के पास व्रत की हुई बहुत सी महिलाएं जुटी हुई थीं। लीलावती की चारों बेटियों को देखने के लिए पूरा गाँव ही पोखर के पास आ गया था। मीडिया वालों को अच्छी कवरेज मिल गई थी।

लीलावती ने सूर्य भगवान को अर्ध्य देकर पति और बेटियों के साथ जीवित्पुत्रिका की कथा सुनी।

चारों बेटियों ने अपनी - अपनी कमाई को एक साथ मिलाकर माँ के संकल्प को पूरा करते हुए चमचम चमकती एक बड़ी सी हीरे की जिउतिया बनवाई थी। जो सोने में मढ़ी हुई थी। लीलावती के कहने पर सोने पर चारों बेटियों के नाम गुदे हुए थे। लाल धागों में गुंथी हुई जिउतिया को चारों बेटियों ने माँ को पहना दिया। लीलावती ने चारों बेटियों की लंबी उम्र के लिए भगवान से प्रार्थना कर उन्हें हृदय से लगा लिया।

77

लड्डू चोर

शहर के जाने माने बिजनेस मैन दिनेश जी के घर आज दीपाली की खूब चहल पहल थी । उनका आलीशान बँगला कावेरी पैलेस रंगीन झालरों और गेंदे के फूलों से सजा हुआ था। कुछ नौकर मिट्टी के दिए भी जलाने की तैयारी में लगे थे। शाम को श्री गणेश और लक्ष्मी जी की पूजा होने वाली थी।

दिनेश जी के कपड़े के दो बड़े बड़े माल थे। पूजा में ख़ास ख़ास 51 व्यपारियों को आमंत्रित किया गया था जिनसे दिनेश जी से और उनके बिजनेस से घनिष्ठ संबंध थे ।

उन सभी को प्रसाद में घी के मोती चूर के लड्डू देने थे, बाकी कस्टमर के लिए डालडे के लड्डू बने हुए थे ।

मलमल के कुरते और पीली धोती में दिनेश जी पूजा के आसन पर बैठे थे । उनकी बगल में पत्नी कावेरी बनारसी साड़ी पहने सोने के घनों से लदी बैठी थी। पंडित जी चांदी और मिट्टी के गणेश लक्ष्मी जी की पूजा करवाने लगे।

गणेश जी के चरणों पर फल - मेवे और लड्डू आदि चढ़े हुए थे और लक्ष्मी जी के चरणों पर सोने - चांदी के सिक्के तथा नोटों का बंडल चढा हुआ था। सभी लोग हाथ जोड़े धन और बुद्धि मांग रहे थे। आरती के बाद जब प्रसाद स्वरूप उन 51 व्यपारियों को घी के लड्डू दिए जाने लगे तो लड्डुओं से भरा एक डिब्बा कम हो गया।

पिता के डर से राहुल की हालत बिगड़ गई, “पापा, किसी ने घी का एक डिब्बा चुरा लिया है ।”

“क्या एक डिब्बा लड्डू चोरी हो गए ? तुम कहां थे ?” दिनेश जी गरज पड़े ।

सामने मेहमान थे, इसलिए ऊपरी मन से शांत होकर गणेश भगवान को भोग लगाए हुए लड्डू को अंतिम व्यापारी को देकर विदा किया। सभी के जाते ही उनका और कावेरी का गुस्सा सांतवे आसमान पर पहुंच गया, "कौन है वह चोर उसे हम ज़िंदा नहीं छोड़ेंगे।"

दसों नौकर हाथ जोड़े गिड़गिड़ा रहे थे, "सर, मैडम, हमने चोरी नहीं की है।"

"पापा, मम्मी, एक डिब्बा लड्डू चोरी हो गया तो क्या हुआ ? लीजिए प्रसाद और ख़ुशी से दीपावली मनाइए।" किसी तरह बेटा चिराग ने उन्हें शांत किया।

लॉन में पत्नी और बेटे के साथ कुछ देर पटाखे छोड़कर दिनेश जी कपड़े चेंज करने घर के अंदर गए।

माता - पिता के छोटे से कमरे से उन्हें हंसी की आवाज आई। उन्होंने खिड़की से झाँका। उनके पैरों तले की जमीन खिसक गई।

लड्डू का डिब्बा टेबल पर खुला पड़ा था ! गुस्से के मारे उनकी मुठ्ठियाँ भिंच गई।

माँ की आवाज सुनाई दी, "आज कितने सालों बाद मुझे देशी घी के लड्डू खाने को मिले हैं जरुर आपको दीनू (दिनेश) ने दिये होंगे।

"नहीं, मैंने चुराए हैं !" पिता ने लड्डू खाते हुए कहा।

"चुराकर...! आपको अपने ही घर मैं लड्डू चुराने की क्या जरूरत थी ?" माँ हैरान थी।

"मेरा यह इकलौता बेटा मुझे पागल घोषित कर सारा कारोबार छीनकर खुद मालिक बन बैठा है। आज लक्ष्मी - गणेश जी को सोने की थाली में रखकर पूजा कर रहा था और हमें सोने के लिए एक पलंग भी नहीं दिया। टूटे खाट पर हम सोते हैं ! हमें हर चीज के लिए बेटे - बहू के आगे हाथ फैलाना पड़ता है।

हमें मीठा खाने का बहुत शौक था इसलिए उसने डाक्टर से कहकर हमें डायबिटीज का पेशेंट भी बना दिया ताकि हम रोज - रोज खीर, सेवई या मिठाई की मांग न करें। दीनू जब छोटा था तो मैं अपने हिस्से की मिठाई भी खिला देता था पर आज ..."

"आज त्यौहार के दिन यह क्या बोलने लगे। लीजिए, लड्डू खाइए।" माँ ने पिता की आँखों में आंसू देख उनकी बात काटी।

दिनेश जी के पैर मन भर भारी हो गए। वह दरवाजे की तरफ बढ़े लड्डू चोर से माफ़ी मांगने के लिए !

78

अस्तित्व

खेत में चने का साग खोटते - तोड़ते हुए जब मैंने अपनी फोटो फेसबुक पर पोस्ट की तो मुझे अंदाजा नहीं था कि इसे इतने लाइक और कमेंट मिलेंगे।

मेरे सभी पोस्ट पर 20 - 30 ही लाइक्स मिलते थे। मगर चने के साग खोटने वाली तस्वीर ने तो पूरा रिकार्ड ही तोड़ डाला । 110 लाइक्स और 45 कमेंट ।

मैं हवा में उड़ने लगी।

कमेंट में दोस्तों ने चने के साग खाने की अपनी इच्छा भी जताई। मैं हंसने वाली कमेंट का जवाब हंसी में दे रही थी।

मैं ध्यान से उस तस्वीर में अपने आपको निहार रही थी कि मैं इसमें कितनी अच्छी लग रही हूं । तभी अचानक चने के साग ने मुझसे कहा, "इशु, तुम्हारे एफ. बी. दोस्तों ने मेरे कारण ही तुझे इतने लाइक्स दिए हैं।"

"मुझे पता है । चल, ले ले थैंक्स," मैंने कहा।

"तुम्हारे थैंक्स से मेरा कुछ नहीं होने वाला है। आज मेरे अस्तित्व पर संकट है। उस बारे में सोचो।"

"जरा समझाकर बताओ।" मैंने जानने की गरज से कहा।

'इशु, तूने अपने फेसबुक पर आज तक बहुत सारे फोटो डाले हैं और लोगों ने उसे उतना पसंद नहीं किया है। पर मेरी फोटो को इतने लाइक्स कमेंट मिले ।

आज जिस तरह से खेत खलिहान को खत्म करके उन पर बड़ी - बड़ी कंपनियां या बड़ी बिल्डिंग बनाई जा रही है, पेड़ काटे जा रहे हैं, धरती की हरियाली खत्म हो रही है, ताज़ी हवा मिलना तो दूर, सड़क से उठती धूल और गाड़ी बसों के धुंए से वातावरण इतना प्रदूषित हो गया है कि खेत में लहलहाने वाले सारे पौधे के अस्तित्व पर खतरा मंडरा रहा है ।

प्रकृति का इतना दोहन खुद प्रकृति भी बर्दाश्त नहीं करेगी। इसलिए समय रहते सभी मनुष्यों को प्रकृति को बचाने के लिए उसे रक्षित करने के लिए उन्हें संकल्प लेना होगा और उसे बचाना होगा। एक आदमी एक पेड़ जरुर लगाए। खेत खलिहानों और जंगलों को बर्बाद होने से बचाए, बस यही काम इंसान करे तो हमारे संग उनका भी अस्तित्व बचेगा।

79

फ्रेंड रिक्वेस्ट

15 – 16 साल का आदित्य अपने नए स्मार्ट फोन पर दोस्त कुणाल के साथ फेसबुक चलाना सीख रहा था ।

वे सर्च कर - कर के खास कर लड़कियों को ही फ्रेंड रिक्वेस्ट भेज रहे थे । कुणाल का कहीं से फोन आ गया, वह बात करने लगा । अचानक आदित्य की नजर एक 'यमी राज' नाम की लड़की पर पड़ी । उसने अपनी प्रोफाइल में जंगल में हंसती हुई छोटी लड़की की तस्वीर लगा रखी थी ।

आदित्य ने एक नजर कुणाल को देखा और मुस्कराते हुए उस लड़की के पास फ्रेंड रिक्वेस्ट भेज दी ।

फोन से निबट जब कुणाल ने यह देखा तो, गुस्से से आग बबूला हो एक जोरदार तमाचा आदित्य के गाल पर दे मारा, "कमीने, तेरी इतनी हिम्मत जो तूने मेरी बहन के पास फ्रेंड रिक्वेस्ट भेज दी ..."

80

धूप-छाँव वाला चश्मा

छोटी पोती ने सोहनलाल के चश्मे के ग्लास तोड़ दिए। उन्होंने धूप -छाँव वाले कांच के चश्मे बेटे से बनवा देने के लिए कहा।

बेटा चिढ़ गया, "जब आप खुद कमाते थे तो सादा चश्मा पहनते थे। अब मेरी कमाई पर आपको सनग्लास चाहिए ! वाह रे बुढऊ के फैशन !"

बहू ने भी चार बातें सुना दी।

पत्नी भी सोहनलाल पर बरस पड़ी, मगर वह आँखें बंद किए सब सुनते रहे। बिना चश्मे के उन्हें धुंधुला दिख रहा था। बाहर के सारे काम पत्नी करने लगी।

बेटा सादा चश्मे पर अड़ा था। इसी तनातनी में तीन दिन निकल गए।

बिना चश्मे के कारण सोहनलाल को सिरदर्द और आँखों से पानी गिरने लगा, लेकिन वह भी अपनी जिद पर अड़े थे।

परेशान पत्नी उन्हें समझाने लगी, "देखो जी, आप तीन दिन से अंधे बने बैठे हो। क्यों धूप वाले चश्मे की रट लगा रहे हो ? सादा चश्मा बनवा लो।"

"पार्वती, मैं सनग्लास ही लूँगा बेटा खरीद कर नहीं देगा तो कोई बात नहीं। 15 दिन बाद मेरी पेंशन मिलेगी न उसमें से ही खरीद लूंगा। इस महीने तुम अपने लिए कुछ मत खरीदना वह चश्मा महंगा आता है।"

"तो इतने दिन आप बिना चश्मे के रहोगे ?"

"हाँ !"

"आप बच्चों की तरह क्यों कर रहे हो ? बेटा - बहू दोनों परेशान हैं ?"

"होने दो उन्हें परेशान। मैं दोनों का व्यवहार जनता हूँ। अभी मुझे या तुम्हें बहू सिर्फ तीन रोटियाँ गिन कर देती है। मुझे कभी - कभी चार रोटियाँ खाने का मन करता है, पर डर के कारण नहीं माँगता। उस समय मुझे बहुत दुःख होता है मेरी

आँखों में आंसू आ जाते हैं । कभी - कभी तुमने मुझे पकड़ भी लिया है । उस समय मैं कचरा पड़ने का बहाना कर देता हूँ । सनग्लास वाला चश्मा रहेगा न तो कोई मेरे आंसू नहीं देख पाएगा ..." बंद पलकों की कोर से सोहनलाल के आंसू झिलमिला पड़े । पार्वती फफक पड़ी, उसके साथ भी तो यही होता है ।

बगल के कमरे में चाय पी रहे बेटे - बहू सब सुन रहे थे । बहू पर तो कुछ प्रभाव नहीं पड़ा, मगर बेटे का दिमाग सुन्न हो गया था ।

परिचय

नीतू सुदीप्ति 'नित्या'

जन्म : 20 नवंबर 1980
शिक्षा : मैट्रिक
लेखन : 1997 से (हिंदी-भोजपुरी)
विधा: गीत, कहानी, कविता, लघुकथा, आलेख और उपन्यास आदि

प्रकाशन :

• हमसफर (हिंदी कथा संग्रह, 2014)

• छंटते हुए चावल (हिंदी कथा संग्रह, 2017) (राजभाषा विभाग बिहार सरकार से प्राप्त अनुदान राशि से प्रकाशित तथा श्रीमती सरला देवी दीक्षित स्मृति पुरस्कार 2021 मथुरा, उ. प्र. से पुरस्कृत)

• विजय पर्व (भोजपुरी उपन्यास, 2018) अखिल भारतीय भोजपुरी साहित्य सम्मेलन द्वारा अभय आनंद पुरस्कार, मोतिहारी से पुरस्कृत, 2022)

• चीकू-मीकू का उपहार(बाल कथा-संग्रह, 2022)

• इश्क समंदर(उपन्यास, 2022)

•कांच की किरचें (हिंदी लघुकथा संग्रह, 2022) (राजभाषा विभाग बिहार सरकार से प्राप्त अनुदान राशि)

• शीघ्र प्रकाशित : मराठी में अनुवादित कथा संग्रह- चौदह राज्यों की चौकड़ी

संपादन : चमन-चमन के फूल (काव्य संग्रह, 2021)

अनुवाद : एक दर्जन रचनाएँ मराठी और भोजपुरी में अनुवादित और प्रकाशित

पुरस्कार : कमलेश्वर स्मृति कथाबिंब पुरस्कार, (मुंबई) 'बिछावन' (श्रेष्ठ कहानी से पुरस्कृत, 2015) और नाही है कोई ठिकाना (उत्तम कहानी से पुरस्कृत, 2018), पाटलिपुत्र गौरव अवार्ड, श्रीमती सरला देवी दीक्षित स्मृति पुरस्कार, अभय आनंद पुरस्कार,

दैनिक भास्कर द्वारा 26 जनवरी 2021 को एक सलाम देश के नाम के तहत सम्मान पत्र प्राप्त, शुभ तारिका में रचनाएँ पुरस्कृत तथा अनेक साहित्यिक संस्थाओं से सम्मानित. इस्कान मंदिर अयोध्या द्वारा श्रीमदभगवद गीता

डिप्लोमा कोर्स 18 अध्याय 18 दिन के तहत ऑनलाइन परीक्षा पास होने पर सम्मान प्रमाण पत्र प्राप्त

संप्रति : स्वतंत्र लेखन तथा वेबसाइटwww.sahityaprit.com साहित्यप्रीत.कॉम और साहित्यप्रीत पब्लिकेशन - संस्थापक/ संपादक

संचालक : साहित्यप्रीत और श्री दुर्गा डांस म्यूजिक (यूट्यूब चैनल)

संकल्प : मरणोपरांत नेत्रदान

संपर्कः पत्राचार पता – श्री भगवान प्रसाद, कोयला दुकान, राजा बाजार, कटेया रोड, बिहिया – 802152. जिला – भोजपुर (बिहार)

मो. - 7050107285 / व्हाट्सएप – 7256885441

मेल - n.sudipti@gmail.com

www.ingramcontent.com/pod-product-compliance
Ingram Content Group UK Ltd.
Pitfield, Milton Keynes, MK11 3LW, UK
UKHW021243031026
15588UKWH00001B/241

9 798887 836539